맑은 고독의 채집

맑은 고독의 채집

2026년 4월 10일 초판 1쇄 인쇄 발행

지은이　　김종억
펴낸이　　박종래
펴낸곳　　도서출판 명성서림

등록번호　　301-2014-013
주소　　04625 서울시 중구 필동로 6 (2, 3층)
대표전화　　02)2277-2800
팩스　　02)2277-8945
이메일　　msprint8944@naver.com

값 15,000원
ISBN 979-11-7439-107-0

맑은 고독의 채집

김종억 작가의 여섯번째 수필집

도서출판 명성서림

머리글

어느덧 수필작가로 등단한지도 30여 년이 가까워온다. 세상은 늘 변화무쌍하게 돌아가고 그 세상 속에서 하루하루 지지고 볶으며 사는 게 인생이 아니던가? 여섯 번째 수필집 '맑은 고독의 채집'을 집필하며 나만의 어려움에 봉착했을 때에도 늘 긍정적인 생각으로 극복해 내려고 노력했다. 그 과정에서 맛볼 수 있는 작은 행복들은 직접 경험해본 사람만이 느낄 수 있는 소중한 가치이고 보물이다.

"행복은 어마어마한 가치나 위대한 성취에 달린 것이 아니라 우리가 별로 중요하게 생각하지 않은 작은 순간들, 무심히 건넨 말 한마디, 별생각 없이 내민 손, 은연중에 내비친 작은 미소 속에 보석처럼 숨어 있는지도 모른다."

세상은 늘 왁자지껄한 소리로 가득하고, 우리의 마음은 그 소란 속에서 길을 잃기 십상이다. 하지만 때때로, 우리는 홀로 설 수 있는 용기를 내어 세상의 소음으로부터 잠시 멀어져 보기도 한다. 그것은 단순히 외로움이 아닌, 내면의 깊은 울림을 찾아 나서는 '맑은 고독의 채집'이다. 고독이라고 해서 늘 그림자처럼 쓸쓸한 것만은 아니다. 햇살 가득한 오후, 홀로 벤치에 앉아 바람 소리를 듣고, 한 조각 구름이 흘러가는 모습을 눈으로 좇을 때, 그 순간의 고요함은 오히려 마음을 투명하게 씻어주는 맑은 물과 같다. 복잡했던 생각들은 잔잔한 수면 아래로 가라앉고, 마치 먼지 쌓인 유리창을 닦아내듯 마음이 깨끗해지는 것을 느낀다. 이처럼 자연 속에서 홀로 머무는 시간은, 우리가 잊고 지냈던 자신의 모습을 발견하게 하는 가장 좋은 채집의 현장이다.

스무 권의 책을 상업 출판하겠다는 나의 버킷리스트는 내가 한창 젊었을 때, 사회적으로 왕성한 활동을 하고 있었을 때 스스로에게 다짐한 목표였다. 현재 일곱 권의 책을 준비하고 있으니 아직은 갈 길이 멀다. 그러나 결코 달성하지 못할 목표는 아니라는 생각에는 변함이 없다.

일상 속에서 늘 나에게 좋은 영감을 불러일으킬 수 있는 내 주위의 사람들, 특히 가족과 변치 않는 우정을 나눌 수 있는 친구들에게 진심으로 감사의 말씀을 올린다.

운해 김종억

추천의 글

2026년 새해를 맞아 김종억 작가는 『맑은 고독의 채집』을 상재한다. 여섯 번째 펴낸 수필집이다. 수필 작가로 등단에 오른 지 30년이 된다. 수필과 소설은 차이가 있다. 문학적 외래어로 표기된 바로는 픽션과 논픽션이다. 소설은 픽션(fiction)으로 사실이 아닌 상상想像으로 꾸미는 글이다. 쓰여진 이야기나 소설을 맛깔스럽게 꾸미기 위해 허구로 글맛을 돋우는 것이다. 그러나 수필은 논픽션으로 사실을 바탕으로 한 체험적 글을 구성해서 쓴다.

김 작가는 생과 사의 현장에서, 요양원 중증 어르신들을 돌보는 일들까지 하게 된 체험담을 주제로 한 체험수필집도 있다. 이번 『맑은 고독의 채집』은 우리나라 금수강산 곳곳을 등반 및 여행하며 칠순에 들어서 이제야 중년에 들어섰다고 단련된 심신을 자랑한다. 그리고 생동감 있는 글발로 엮어 많은 이에게 가 보고 싶은 충동을 갖게 한다.

김종억 작가는 시를 중심으로 수필, 평론 분야까지 섭렵한다. 올곧고 투철한 국가관을 지닌 군 생활을 정년 퇴임하고, 사회에 적응 도전한다. 평생 군에서 익힌 작전계획서, 교육계획서 등 작성을 통해 자연스럽게 문학적 소질까지 따라붙은 노하우가 합류한다. 이어 오랜 경험의 숙련이 있는 것처럼 평론까지 도전하여 담박 필치가 유연하다.

김 작가의 목표는 평생 20권의 저서를 펴내겠다고 다짐한다. 생동감과 가슴에 와닿은 글발로 많은 사람의 이정표가 될 것을 믿어 의심치 않는다. 한 권의 시집과 여섯 권의 수필집을 엮어내는 저력은 아무나 할 수 있는 것이 아니다. 머지않아 그동안 서평해 주었던 글들을 모아 평론집까지 펴낼 것으로 본다. 계속 좋은 글을 발표해 각박하고 목마른 사회 현상에 감로수가 될 것이라 믿으며, 건안 건필을 기원한다.

사) 한국문학협회 이사장

시인·평론가 박종래

차례

3. 가족 & 고향

4. 추억

1. 풍경 속의 나

원주 소금산 출렁다리와 섬강의 비경
— 송강 정철의 관동별곡 중의 한 곳

　원주 소금산은 작은 금강산이라는 뜻으로 붙여진 이름이다. 금강산을 떼어다가 조그맣게 옮겨놓았다고 해도 손색이 없을 만큼 '금강산'이 지닌 산세를 갖춘 듯하다 하여 이름을 붙인 산이다.

　원주의 소금산 출렁다리가 개통되었다는 얘기는 몇 년 전에 매스컴을 통해서 알았지만 정작 그곳을 가보지는 못했다. 2018년 개장 당시, 산악보도교로는 국내 최장, 최고 수준을 자랑하며 등장했던 원주의 소금산 출렁다리는 이제 원주의 대표적인 랜드마크가 되었다.

　작년에 원주 치악산 계곡의 금대리 펜션에서 화려회畵旅會 회원들과 하룻밤을 묵으며 우정을 쌓았던 인연으로 갑자기 소금산 출렁다리를 구경하러 가게 되었다.

　「간현 관광지」라는 표지가 여기저기 붙어있는 초입에 도착하자 평일임에도 넓은 무료 주차장에 차들이 꽉 차 있었다. 잠시 안내표지판을 보고 있노라니 소금산 출렁다리와 울렁다리를 중심으로 간현 관광지가 자리 잡고 있어 아기자기한 맛이 났다.

　그러나 이곳저곳에서 공사하는 중장비의 모습이 아직도 공사가 마무리되지 않았음을 알 수 있었다.

　매표소에서 입장권을 3,000원 주고 사면 바로 2,000원을 지역 상품권으로 환급해 준다고 하는데, 막상 입장권을 구매하고 나니 지역 상품권을 환급해 주는 시기가 지났다는 말만 들었다. 어차피 지역 상품권을 기대하고 간 것은 아니기에 별로 서운한 감정은 없었다.

끝없이 이어지는 초입의 나무계단은 모두 578계단이라고 하는데, 오르는 내내 지루하다는 생각이 들었다. 계단을 꾸역꾸역 오르다 보니 살랑거리는 봄바람이 옷깃에 스며들고 코끝을 간지럽히는 산 내음이 기분을 상쾌하게 만든다.

계단을 오를 적마다 다리에 뻐근하게 부하가 걸리니 다리운동은 제대로 안 듯하다. 계단마다 건강수명과 소모 칼로리에 대한 표지판이 붙어있었다. 계단이 꺾이는 부분에는 약간의 공간을 만들어 포토존인 듯, 배려해 놓았다. 마지막 계단을 오르고 나니 숨도 차고 다리도 아프다. 어느덧 시니어 대열에 들어선 나이이다 보니 어쩔 수 없는 체력의 한계를 조금씩 느끼게 된다.

578개의 긴 나무계단 끝에는 입장대가 있었으며 입장 대(검표소)를 통과해야 드디어 출렁다리의 시작 구간이 나온다. 입장대를 통과하자 넓은 데크가 펼쳐져 있고 소금산 출렁다리임을 알리는 포토존이 나타났다.

작지만 출렁다리 모형으로 설치해 놓은 일명 '미니 출렁다리'가 설치되어 있음은 물론 사진틀 모양의 포토존도 있었다. 참새가 방앗간을 그냥 지나치랴. 인증샷을 차례로 하고는 드디어 오늘의 주인공인 출렁다리를 향해 발걸음을 옮겼다.

소금산 출렁다리

출렁다리 입구에 도착하자 아찔한 높이로 길게 펼쳐진 다리를 보는 순간, 이곳을 찾는 여행객 누구에게나 섬찟함을 느끼지 않을 수 없겠다는 생각이 든다. 사방이 탁 트인 경치는 가슴이 뻥 뚫리는 듯이 시원하다. 소금산 출렁다리의 길이는 200m, 높이 100m, 폭 1.5m로 바닥은 격자형 투명한 유리 철제 받침대를 깔아놓아 100m 아래 절벽이 훤히 내려다보여 가끔 오금이 저린다.

오늘따라 우중충한 날씨에 봄바람이 사납게 몰아쳤다. 비록 200m 길이의 출렁다리이지만 다리 이름처럼 출렁대지는 않았다. 안전하다 싶어 사진도 찍고 주위 구경도 하면서 다리를 건너고 있는데, 젊은 한 쌍의 남녀가 저만치 앞에서 느린 걸음이지만 냅다 뛰기 시작했다. 그런데, 정작 뒤에서 따라가는 우리에게 그 파장이 전달되자 웅장한 다리가 휘청거리기 시작했다. 비록 그들은 호기심과 장난이지만 뒤에서 따라가는 우리들의 간담을 서늘하게 만들었다. 높이 100m의 까마득한 절벽, 이런 곳에서는 모두의 안전을 위해서 절대 장난을 쳐서는 안 되겠다는 생각을 해본다.

소금 잔도

출렁다리가 끝나는 곳부터 소금 잔도까지는 1km 정도 되는 등산로가 완만하게 연결되어 걷기에 편하고 운동 효과도 있어 좋았다.

소금 잔도는 소금산 정상부 아래 절벽을 따라 산버랑을 끼고도는 짜릿한 잔도로 고도 225m 높이에 절벽 안쪽에 353m 길이로 만든 아슬아슬한 암벽길을 말한다. 225m 암벽의 높이에서 겹겹이 쌓인 아기자기한 능선의 봄 풍경은 멋진 한 폭의 그림으로 다가왔다. 절벽 아래 섬강이 굽이쳐 흐르는 간현 유원지의 모습이 한눈에 들어와 더욱 운치가 있어 보인다. 암벽을 따라 걷다 보니 하늘을 걷는 듯한 기분이 들었고, 높은 곳에서 내려다보는 그곳에 아스라이 펼쳐진 아기자기한 봄 풍경이 정겨웠다.

소금산 스카이타워

잔도를 따라 걷다가 끝나는 지점에서 스카이타워를 만날 수 있었다. 오늘따라 우중충한 하늘과 들쑥날쑥한 날씨 탓에 스카이타워로 연결되는 철제 난간에서 특급 강풍을 만났다. 하늘도 집어삼킬 듯 울어대는 바람 소리에 문득 무섭다는 생각이 들 때쯤, 타워에 도착했다. 타워에서 내려다본 풍경은 한 폭의 그림이었다. 조마조마한 마음으로 출렁다리를 건너면서 연신 사진을 찍고 영상을 찍으면서 1시간 넘게 왔는데, 스카이타워에서 내려다본 멋진 모습에 다소 보상받는 느낌이라고나 할까?

소금산 스카이타워는 고도 220m, 높이 38.5m로 소금산을 휘감아 도는 삼산천三山川의 아름다운 절경을 한눈에 내려다볼 수 있는 전망대로서 소금산 그랜드밸리의 랜드마크라 할 수 있다.

소금산 그랜드 밸리 '울렁다리'

이곳의 주인공은 마지막에 나타나는 소금산 울렁다리이다. 간현 국민 관광지로 익숙했던 이곳이 '원주 소금산 그랜드밸리'로 재탄생되고 더불어 국내 최장 길이의 울렁 다리가 2022년 1월 21일에 개장되었다.

소금산 울렁다리는 길이 404m 높이 200m, 폭 2m의 국내 가장 긴 보행 현수교이다. 까마득한 벼랑 위에서 공중을 걷는 아찔함과 눈 앞에 펼쳐지는 절경을 동시에 느낄 수 있다. 조금 전에 통과한 출렁다리에 비해 길이와 높이가 두 배로 길고 높았으며 폭은 2m로 더욱 안정감을 느끼기에 충분했다.

출렁다리는 시골길이라고 치면 울렁다리는 탁 트인 대로 같았다. 다리 중간마다 투명한 유리인지 특수 아크릴인지 아무튼 바닥이 내려다보이는 장치를 해놓아서 그곳을 지날 적에 다소 몸이 오그라드는 느낌을 받았다. 기존의 출렁다리보다 두 배 이상의 전율과 경관을 만끽할 수 있어 좋았다. 2시간 여행의 마지막 코스치고는 멋진 모습이었다.

아찔한 두 개의 다리를 모두 통과하고 가파른 길을 따라 하산하기 시작했다. 그런데 하산을 위한 도로가 아직도 정비가 덜되어 중간중간에 밧줄을 잡고 내려오는 발걸음이 위태롭기 짝이 없었다.

원주 소금산 그랜드밸리는 데크 계단 578개, 출렁다리, 소금 잔도, 스카이타워, 울렁다리로 이어지는 아찔하고 멋진 코스가 일품이다.

우연히 고르지 못한 일기에 찾게 된 소금산 관광단지는 대략 2시간의 코스로 아기자기한 경관을 관람할 수 있는 최적의 조건을 갖추었다. 특히 서울에서 승용차로 1시간 40분~2시간 정도로 접근성이 좋아 하루 코스로는 한 번쯤 가볼 만한 여행지가 아닌가 생각된다. 끝.

아! 고려산 진달래꽃

　봄을 알리는 신호가 이곳저곳에서 아우성을 치고 있다. 이미 여의도 윤중로 벚꽃이 만개하였을 때, 자전거를 타고 윤중로 벚꽃길을 살짝 다녀왔고 집에서 가까운 대모산과 아차산을 다녀왔으니 그럭저럭 봄의 향기 속으로 빠져들고 있던 차에 고려산 진달래꽃을 보러 가자는 지인의 제안이 있어 전격적으로 결정하였다.

　'진달래'에 대한 향수는 누구에게나 애틋하다. 시골에서 자란 사람들에게 봄의 전령사 진달래는 항상 설렘이었다. 특히 한창 젊은 사관 시절, 최전방에 근무할 적에 골짜기에 피었던 진달래군락지를 아침, 저녁으로 보면서 '불타는 山河'라고 읊조리던 생각도 문득 난다.

　아침 여덟 시에 서울 서초구 잠원동에서 출발하여 황사가 엷게 깔려 희미한 한강의 그림자를 밟으며 차를 달렸다. 은근히 고려산에서 일찍 하산하면 바로 석모도로 가기로 의견을 모았다. 작년 3월 1일에 찾았던 석모도의 인상 깊었던 추억들이 되살아나 왠지 모를 설렘이 가득하였다. 가볍게 강화대교를 넘으면서 추억담이 주렁주렁 열렸다.

　재작년이던가? 자전거를 타고 서울에서 출발하여 강화도 일주를 하고 돌아오던, 지극히 고생스러웠던 자전거 라이딩에 대한 기억이 새록새록 났기 때문이었다. 소나기를 피해 다리 밑에서 물에 빠진 생쥐 꼴로 하늘을 쳐다보던 일, 동료가 새로 구매한 자전거의 2회 연속 펑크로 허허벌판에 자전거 수리점을 찾아 30분 이상 터덜터덜 자전거를 끌고 걷던 일들… 강화대교를 넘을 적에 자전거를 타면서 바다 구경한답시고 한눈팔다가 도롯가로 넘어갈 뻔했던 아찔한 순간들…17시간의 자전거 라이딩은 그야말로 녹초를 만들었으며 집에 도착하기 직전에 탄천 다리 밑에서 잠시 쉬어가자고 의자에 몸을 눕힌 것이 순식간에 2~30분이 지나가고 눈을 번쩍 떴을 때는 하늘에서 총총한 별들이 쏟아지던 그 시간. 생각하면 할수록 무모했지만 어디서 그런 용기가 났던지 무용담으로 즐기기엔 안성맞춤이었다.

차는 의외로 잘 빠져나갔다. 더구나 올림픽대로와 연결하여 새로 뚫린 시원한 도로가 강화도까지 가는 데 일조했다. 강화도 시내를 돌아드니 곳곳에 벚꽃이 흐드러지게 만개滿開하여 보기 좋았다. 서울은 벚꽃 시들어진 지가 꽤 되었는데, 이곳만 하더라도 날씨 차가 있나 보다.

드디어 고려산 이정표가 자주 등장하는 것을 보니 고려산이 가까워져 오고 있나 보다.

어디에서부터 등산을 시작할까? …

고려산 주변엔 3개의 사찰과 1개의 암자가 천오백 년을 넘게 자리를 지켜오고 있다. 한때는 이곳에 자리한 연못을 오련지五蓮池라고 하였으며 뒷산 이름은 오련산五蓮山, 다섯 개의 사찰을 하나로 묶어 오련사五蓮寺라고 불렀으며 후에 오련산은 고려가 강화도로 천도하면서 고려산으로 개명하여 현재에 이르고 있다고 한다.

고구려 장수왕 4년에 인도의 천축조사가 가람터를 찾기 위해 고려산을 찾았다. 그는 정상에 피어 있는 5가지 색상의 연꽃을 발견하고 불심으로 이를 날려 꽃이 떨어진 장소마다 절을 세웠다. 하얀 연꽃이 떨어진 자리엔 백련사를, 흑색 연꽃이 떨어진 자리엔 흑련사를, 붉은 연꽃이 떨어진 자리엔 적석사를, 황색 꽃이 떨어진 자리엔 황련사를, 청색 꽃이 떨어진 자리엔 청련사를 각각 지었다. 그러나 청련사만은 조사가 원하는 장소에 떨어지질 못해 원통한 나머지 '원통암'이라는 절을 지었다고 전해진다.

고려산은 고려의 정기를 품은 산으로 진달래가 피는 봄의 모습도 좋지만, 백련사, 적석사 등 사찰과 고인돌 군락지, 오련지, 홍릉 등 문화재가 분포하여 역사 탐방 위주의 산행에도 좋다고 전해지고 있다.

우여곡절 끝에 백련사 쪽으로 진입하였지만, 청련사 쪽 등산로가 완만하고 능선 따라 구경할 것이 많다는 권유를 듣고 쏜살같이 청련사 쪽으로 차를 몰았다. 고려산 청련사高麗山靑蓮寺는 강화도江華島에 있는 여러 사찰 가운데 읍내에서 가장 가까이에 있는 고찰이다.

국화리를 들머리로 하여 약 1.2km 정도 오르는 사이 청련사 사찰의 풍경소리가 들리기 시작하였다. 빛바랜 사찰 기와지붕이 삐죽이 보이고 그 앞으로 수령 700년이 넘는다는 느티나무가 나타났다.

경내에 벚꽃과 하얀 모란이 활짝 滿開해 우리를 맞이해 주고 있었다. 부지런히 카메라 셔터를 눌러대며 산으로 오르기 시작했는데, 어찌나 가뭄이 심했던지 등산로에 흙먼지가 가득 쌓여 걸음을 걸을 때마다 풀썩풀썩 먼지가 피어오른다.

고려산 진달래군락지는 매스컴이나 사진으로만 보았을 뿐이어서 내심 기대가 되기도 했지만, 올라가는 등산로에 띄엄띄엄 피어 있는 진달래꽃은 그리 감흥을 줄 정도는 아니었다. 한데, 다리가 뻐근할 정도로 산을 오르다 보니 불쑥 나타난 진달래군락지…

그 불타는 모습을 보면서 마음은 바쁘게 움직이고 있었다.

진달래를 두견화杜鵑花라고도 하는데, 이는 두견새가 밤새워 피를 토하며 울어, 그 피로 꽃이 분홍색으로 물들었다는 이야기가 전해지고 있다. 탐스럽게 핀 고려산 진달래 가지로 꽃 방망이를 만들어 앞서 가는 여성의 등을 치면 사랑에 빠지고 남성의 머리를 치면 장원급제한다는 재미있는 전설도 전해진다.

멀리 바다가 어렴풋이 보이기는 하나 황사黃紗로 인해 선명하지 않지만, 진달래 능선과 어우러진 배경으로는 그만이었다.

흐드러지게 피어 있는 진달래 군락에서 간단하게 요기하고 시원한 맥주를 한 잔씩 마시고 나니 "노새 노새 젊어서 노새, 늙어지면 못 노나니~" 흥이 절로 났다. 下山 하는 길은 흙먼지로 인해 질식할 정도였다. 이토록 가뭄이 심하던가?

갈매기가 새우깡을 달라고 성화를 부리는데, 어찌나 사납던지 새우깡 들고 있는 손가락까지 물릴 뻔했다. 누구 표현대로 2층 갑판에서 갈 씨 총각과 매기 처녀와 배가 도착한 지도 모른 채 놀아주다가 늦장 부린다고 호되게 야단까지 맞으면서 석모도에 안착했다. 그리고 너무나 뜨거워 발까지 동동 구르던 해수온천에서 땀으로 찌든 몸과 마음을 말끔히 씻어 내니 오늘 하루가 참으로 즐겁지 않을 수가 있으랴!

봄이 한창 무르익어 가는 어느 멋진 날, 우리는 강화도에서 밴댕이 회덮밥으로 늦은 저녁 겸 허기진 배를 채우고 나니 이만하면 살맛 나는 세상이 아니던가?

동해안 자전거 라이딩

동해안 최북단을 향하여(1)

하늘을 바라보니 끝없이 파랗고 높아 보이니 가을이 깊어가고 있나 보다. 올해는 유난히도 가뭄이 깊어 사람들의 마음을 애타게 만들더니 요즘에 와서 찔끔거리는 가을비가 반가워 이구동성으로 "그래, 조금만 더 와야지…그래야 농부들도 살고 나도 산다." 읊조리듯 중얼거린다. 쏜살같이 달려간 지난여름, 무엇이 그리도 바빴던지, 하는 일도 별로 없이 마음만 동동거렸던 그 시간이 슬며시 떠오른다. 전력 질주를 하던 인생, 속도 조절을 하려고 하니 시간이 좀 필요한 듯하다. 조금씩 속도를 늦추고, 속도를 늦추니 평소에 보지 못하고 지나갔던 사물들이 하나, 둘씩 시야로 들어온다.

추석이 얼마 남지 않은 어느 날, 자전거를 타고 동해안으로 내달렸다. 내 젊은 시절, 동해안 최북단에서 푸른 제복을 입고 5년을 근무했다. 검푸르게 넘실대던 그 바다는 언제나 마음을 편안하게 해주었고 가끔은 고향을 떠올리게도 해주었다. 추억의 그곳으로 자전거라이딩을 한다고 생각하니 어렴풋이 그 시절이 그리워 슬며시 기다려지기도 했다. 얼마나 변했을까?

드디어 7인의 멤버들이 서울 올림픽대교 남단에서 만나 미리 준비한 차를 타고 목적지를 향해 출발했다. 갈 때는 목적지인 동해안 최북단 명파마을 금강산 콘도까지 차량으로 이동하고 그곳에서부터 거꾸로 자전거를 타고 내려오기로 했다. 차량 봉사는 멤버중 회장의 중책을 맡은 김태기 님의 아내와 그 친구가 해주었다.

인제 원통을 지나 진부령을 넘을 때, 어렴풋 지난날들이 주마등처럼 스쳐 지나간다. 그 시절은 진부령이 포장되지 않은 외길이었다. 원통 쪽에서 버스 한 대가 먼지를 뿌옇게 일으키면서 고개를 올라오면, 고갯마루에서 반대쪽 아래로 무선통화를 하여 버스를 내려보내곤 했다. 지금이야 깔끔하게 포장된 2차선으로 탈바꿈하였으니 그럴 필요가 없겠지만 그 시절엔 비포장길이었다. 급커브길을 이리저리 돌아 대대리 검문소를 통과할 적에는 대대천에서 포병사격훈련을 하던 생각이 떠올라 빙그레 미소가 떠올랐다.

1980년도 고등군사반 교육을 마치고 이곳으로 발령받았다. 대대리 검문소 옆으로 길게 하천이 흐르고 있었고 갈수기의 하천이 포병훈련장이 되곤 했다. 그곳에서 죽기 살기로 훈련하던 그 시절이 떠오른다. 왜 그리도 모질게 훈련을 했을까? 경연대회라는 이름으로 부대 간 상호경쟁을 시켜 순위를 매기다 보니 그렇게 했나 보다.

한참을 달려 출렁이는 검푸른 동해바다가 보이기 시작하니 가슴속까지 시원함이 밀려온다. 대대리 검문소에서 조금 더 올라가다 보면 '반암'이라는 곳이 있다. 이곳의 해변가 소나무밭 일대가 포병훈련장이었다. 어느 해 가을인가 부대 시험을 하기 위해 이곳에서 3박 4일간 야영 훈련을 하게 되었다. 야간을 틈타 해변가 소나무밭에 포진지 전개를 마치고 나니 밤 10시가 가까웠다. 고된 훈련으로 병사들은 모두

들 텐트에서 곯아떨어졌는데, 그 날따라 유난히도 밝은 달이 바다에 투영돼 황금비늘처럼 출렁이고 있었다. 철썩철썩 파도치는 소리가 텐트 안으로 밀려들어 오니 고단함에도 불구하고 쉽사리 잠이 들지 못했다. 야영장 순찰 겸 바람이라도 쏘이려고 텐트 밖으로 나온 순간, 숨이 멎을 듯 그 아찔한 정경에 꼼짝도 못한 채 몇 분간을 얼어붙었다. 바다 위에 둥실 떠 있는 보름달이 출렁이는 바닷물에 길게 드리우니, 마치 수많은 황금도포가 춤을 추는 듯 너울너울 화려한 자태를 뽐내고 있었다. 별빛 고운 하늘에서 칠선녀가 학처럼 춤을 추며 하강하는 듯하기도 한, 바닷가 노송과 어우러진 그 멋진 풍경은 훗날 두고두고 마음속에서 살아있었다.

드디어 거진을 지나 대진항으로 접어들었다. 예전이나 크게 달라진 것은 없는 듯했다. 드디어 라이딩 시작지점인 명파마을에 인접한 금강산 콘도 주차장에 도착하였다.

다소 늦은 점심을 근처 명파비치하우스에서 해결하고 오후 3시쯤 이곳으로부터 출발하였다. 계획보다 한 시간 정도 늦은 시간이었지만 모두는 설렘으로 동해안 국토종주자전거길 라이딩을 시작하였다.

해변가를 따라 자전거 도로가 끝없이 이어졌다. 탁 트인 동해를 바라보면서, 그곳에서 불어오는 바람 소리, 파도 소리, 그리고 때때로 눈처럼 흩날리는 갈매기를 바라보면서 자전거를 탄다는 것은 참으로 가슴설레이고 신나는 일이었다. 간성을 지나고 가진항을 지나 공현진, 송지호로 접어들었을 때, 한 대원이 대열에서 이탈하였다. 검푸른 동해를 조망하면서 달리는 기분이야말로 마치 구름 위를 떠가는 듯한 기분이었다. 이 멋진 풍경에 매료되어 너나 할 것 없이 선두에만 서면 속도 조절을 잊은 채, 신나게 페달을 밟았다. 뒤에 처지는 대원이 생겼고 급기야는 이탈되었는데, 송지호 해수욕장에서 잠시 숨 고르기를 하면서 대원의 합류를 기다리게 되었다. 잠시 해수욕장 입구에 주저앉아 땀을 식히다 보니 35년 전의 한 사건이 떠올랐다.

위관장교 시절, 이곳에서 5년간 근무를 한 적이 있었다. 바쁜 직책을 맡아 해수욕장이 코앞에 널려 있었는데도 갈 엄두를 못 내고 있었다. 어느 쉬는 날, 큰맘 먹고 벼르고 별러서 텐트를 둘러메고 집에서 지척에 있는 송지호 해수욕장으로 갔다. 세 살, 네 살배기 아이들을 데리고 아내와 함께 모처럼 찾은 해수욕장에 텐트가 즐비하게 늘어선 백사장 한 귀퉁이를 비집고 겨우 텐트를 쳤다. 모래는 한여름의 태양열로 달구어져 맨발로 걷기에도 불편할 정도로 뜨거워졌다. 바다에서 불어오는 시원한 바람, 모처럼 가족들과 함께 오붓하고 신나는 시간을 보내게 되었다. 한참을 그렇게 보내다 보니 세 살배기 아들 녀석이 보이지를 않았다. 이제 겨우 아장아장 걸음마를 하던 그 녀석이 보이지를 않으니 처음에는 텐트 주위를 찾아보았으나 도저히 찾을 수가 없어 마음만 급해졌다. 십여 분을 허둥대며 찾다가 급기야는 통제실로 뛰어가 아이를 찾는다는 방송까지 하게 되었는데도 아이는 나타나지를 않았다. 점차 긴장도가 올라가고 콩닥거리는 가슴을 가까스로 진정시키면서 아내와 함께 사방팔방을 뛰어다녔다. 한참을 그렇게 부산을 떨던 차에 두 집 건너 다른 집 텐트에서 그 녀석이 부스스 눈 비비고 태연하게 아장아장 걸어 나왔다. 이런?…모처럼 벼르고 별러서 간 해수욕장에서 아이 잃어버릴뻔(?)한 아찔한 상황이 불현듯 떠올라 몸서리를 쳤다.

30여 분을 기다리니 이탈했던 동료가 합류하여 다시 출발하였다. 이제는 슬슬 어깨도 아프고 피로감도 몰려오기 시작했다. 자전거 도로가 그저 평탄하지만은 않았다. 지형에 따라 오르락내리락 하기도 하고 어떤 곳은 갑자기 도로가 뚝 끊겨서 짧은 구간이기는 하지만 내려서 자전거를 끌고 가야 할 때도 있었다. 오늘 숙박하는 장소는 양양 시내인데, 아직 갈 길이 멀어 마음이 급해지기 시작했다. 속초에 진입하였을 때쯤에 어둠의 장막이 서서히 내려오기 시작한다.

인생은 오르막길만 있는 건 아니다(2)

인생에 오르막길만 있는 건 아니라는 평범한 사실을 모르는 이는 없다. 그런데 이 험난한 라이딩 코스에서 자전거길도 수시로 업, 다운(up, dawn)이 이어졌다. 업힐(up hill)은 짧으면서 가파르게, 때로는 길고 완만하게 끝없이 이어졌다. 가파른 업힐(up hill)을 오를 때에는 온몸에 짜릿한 전율을 느껴야 했고 내려올 때는 순식간이었다. 시원한 바람을 가르며 쏜살같이 내려오는 길에는 온몸에 희열을 느낄 수 있어 좋았다. "아! 인생도 마찬가지이구나. 오르막길이 있으면 반드시 올라간 만큼 내려오니 고진감래苦盡甘來라는 단어가 문득 떠오른다. '고통과 쾌락은 빛과 어둠처럼 끊임없이 교차한다'라는 사실을 뼈저리게 느끼는 시간이 되고 있었다.

속초의 등대에 불빛이 들어올 때쯤에 우리는 대포항 근처를 달리고 있었다. 비릿한 바닷냄새와 환하게 밝혀진 횟집들 사이를 비집고 조심조심 자전거를 끌고 그곳을 헤쳐나왔다. 배도 고프고 피로감이 엄습하여 가급적 빨리 숙소로 가고 싶은 마음뿐이었다. 대포항을 벗어나자 다시 바닷가를 끼고 자전거 도로를 달리기 시작했다. 어둠은 이미 장막처럼 세상을 덮치고 말았다. 물치를 지나 낙산을 되돌아나갈 때쯤, 자전거길은 심하게 업로드를 반복하고 있었다. 등댓불이 깜박이더니 멀리 바다에 떠 있는 배에도 환하게 불이 들어올 때쯤, 어둠이 완전히 점령해버렸다.

60대 중반을 향해 질주하는 나이가 나이인지라 야간 라이딩은 여간 조심스러운 게 아니었다. 눈이 침침하여 시야가 제한되었고 의외로 자전거길은 좁았다. 더구나 자전거 길 중간중간에 나무 말목을 설치하여 중앙분리대를 만들어 놓았는데, 자칫 충돌하기에 십상이었다. 우려가 현실로 다가왔다. 나는 대열의 맨 마지막에서 라이딩하고 있었는데, 마침 경사가 심한 업힐을 만나 꾸역꾸역 페달을 밟으면서 겨우 올라섰는데, 선두의 대원들은 이미 어둠의 시야에서 사라졌다. 힘들게 올라온 만큼 또 경사를 급히 내려가야 하는 상황에서 앞서가던 대원이 중앙분리대 말목을 뒤늦게 발견하고 이를 피해가려고 급브레이크를 밟으며 휘청대는 바람에 뒤따라가던 대원이 동시에 급브레이크를 밟으면서 공중으로 붕~ 떠올랐다. 바로 내 눈앞에서 벌어진 상황이었는데, 아차 큰일이 났다 싶었는데 다행히, 아주 다행히 다친 데 없이 사태가 수습되었다.

내리막 경사지에서의 라이딩은 정말 조심해야 하겠다고 생각하면서 그 순간만 생각하면 아직도 오싹 한기가 느껴진다.

드디어 양양 시내로 들어섰다. 숙소는 양양 시내에 있는 충용회관이다. 군에서 운영하는 회관이었는데, 회원 중에 두 명이 예비역 영관장교 출신이라 숙박 예약이 가능했다. 깨끗하고 방도 넓어 좋았다. 처음에는 양양의 바닷가 근처 민박집을 예약하려고 했다. 그런데, 의외로 방도 좁고 방값도 비쌌다. 전 대원(9명)이 자려면 최소 방 3개는 얻어야 하는데, 만만치가 않았다. 그래서 생각해 낸 게 그곳에서 멀지 않은 곳에 군에서 운영하는 '충용회관'이라는 곳이 있음을 알고 노력 끝에 예약했다. 민박집에 비하면 훨씬 넓고 좋았다.

금강산도 식후경이라 근처에 있는 음식점에서 생선구이를 안주 삼아 소주 한잔을 기울이니 몸은 마치 물먹은 솜처럼 무거워졌다.

그래도 나이 60줄에 해냈다는 만족감과 자신감으로 이야기꽃은 무르익어 갔다. 나름 거나하게 순배가 돌고 저녁까지 든든하게 채운 다음, 내일 아침 식사까지 예약해 놓고 나왔다. 그 와중에 일부 대원들이 우르르 당구장으로 몰려갔다. 내기 당구를 친다나 어쩐다나…아직도 청춘이다. 난 먼저 들어와 간단하게 샤워를 마친 후 곧바로 곯아떨어졌다. 고단함은 곧 잠꼬대로 이어졌고 한 대원의 심한 잠꼬대로 밤새 뒤숭숭한 밤을 보내고 말았다. 본인만 모르는 잠꼬대가 나에게 자장가로 변할 수는 없을까?

고단하고 까칠했던 그 밤도 어느새 깊어만 가고 있었다.

동해의 푸른 물결을 헤치며 끝없는 수평선을 달리다(3)

다음 날, 일찌감치 아침을 먹고 출발하였다. 어제저녁을 먹은 식당에 아침 예약까지 해 두었기에 모두 출발 준비를 마친 후 식당으로 갔다. 어느 정도 피로도 풀리고 아침도 든든하게 먹었으니 기분은 상쾌하기 그지없었다. 오늘은 강릉을 지나 송정 휴양소까지 가기로 하였다. 날씨는 첫날보다도 더 청명했다. 동해의 푸른 바다를 조망하며 달리는 기분은 환상적이었다. 적당한 업다운 로드가 계속 나타났지만 어렵지 않게 달릴 수 있었다. 시원한 바닷바람이 불어왔지만 혼신의 힘을 다해 달리다 보니 어느새 땀이 차고 점점 지쳐왔다.

한참을 달리다 보니 양양에서 주문진으로 내려가는 길목에 죽도암이라는 이정표가 나타났는데, 잠시 바닷가에서 쉬어가기로 했다. 죽도는 송죽이 사계절 울창하다는 뜻에서 연유한 이름으로 원래는 해안에서 떨어져 있는 섬이었으나 지금은 육지와 연접해 있다. 죽도봉 정상에서 바다와 해변을 바라볼 수 있는 현남면의 인기리 해안에 인접한 높이 53m 둘레 1km의 산이다. 해안선을 따라 북쪽으로는 죽도 해수욕장, 남쪽으로는 인구 해수욕장이 가깝다. 죽도 해변은 서핑의 메카라고 한다. 다소 높은 파도에도 많은 서핑 애호가들이 바람을 타면서 서핑을 즐기고 있었다.

일행은 죽도항구에 자전거를 묶어놓고 죽도해변을 조금 돌아 물이 맑고 바위가 예쁘지만 약간 외진 곳으로 갔다. 누가 먼저라고 할 것도 없이 모두가 옷을 훌훌 벗어 던지고 바닷물에 첨벙 뛰어들었다. "이렇게 시원할 수가?"온몸의 피로가 한꺼번에 날아가는 느낌이다. 잠시 모든 걱정과 시름을 내려놓고 온몸의 열기를 식히는 데는 이만한 장소가 없을 듯했다. 바위에 걸터앉아 바라보는 푸른 동해 멀리 수평선에 떠 있는 어선들의 모습이 한없이 평화로워 보인다. 조금 떨어진 곳에서 서핑을 즐기는 사람들의 모습은 마치 한 폭의 그림이었다. 젊음은 돈 주고도 살 수 없는 아름다운 것이라는 생각이 샘솟듯 올라왔다.

자전거 라이딩을 하면서 동해의 멋진 풍광을 볼 수 있다는 것, 그리고 막간을 이용하여 바닷물에 몸을 통째로 담글 수 있다는 것은 덤으로 주어진 행복이었다.

막간의 행복도 잠시 다시 오늘의 목적지를 향해 출발하여 한참을 달리다 보니 주문진항이 보인다. 주문진항에 들러 잠시 쉬어가기로 했다. 항구에 가지런히 정박해 있는 고깃배들이 인상적이다. 잠시 땀을 식히며 어시장을 둘러보았다. 역시 질박한 항구의 모습이 눈길을 끈다. 서둘러 다시 페달을 밟아 달리니 어느덧 '강릉' 이정표가 나타났다. 강릉 시내로 들어가는 길목에 경포대鏡浦臺가 있다. 어찌 경포대를 놔두고 그냥 지나칠 수 있으랴! 일행은 경포대에 올라 경포의 멋진 풍광을 즐기면서 잠시 휴식을 취했다.

드디어 둘째 날의 숙소인 송정 휴양소에 도착했다. 송정 휴양소는 강원도 강릉 외곽에 있다. 해변 쪽으로 쭉쭉 뻗은 송림이 빼곡한 곳에 위치한 송정휴양소는 군 휴양소이기 때문에 현역 군인이나 군인 가족, 예비역 간부들이 사용할 수 있었다. 그래서 그런지 사용료는 많이 저렴하였지만, 시설은 일반 콘도 못지않게 깔끔했다. 휴양소에 여장을 푼 다음 해수온천을 찾아 피로를 풀고 모처럼 주문진 항구로 가서 멋진 저녁을 먹기로 했다. 대원 중에 두 분이 선뜻 저녁 밥을 산다고 했다. 비록 만만한 가격은 아니었지만, 주문진항에서 맛집으로 유명하다는 음식점을 찾아 싱싱한 회와 소주 한 잔으로 회포를 풀고 보니 모두가 상기되었다. 일곱 명의 라이더들이 동해안 해파랑길 멋진 자전거 코스를 온갖 고초와 에피소드를 남기면서 달려온 뒷이야기는 해도 해도 끝이 없었다. 특히 또래의 친구들로 구성된 대원들은 같은 해에 서울에서 같은 고등학교를 졸업한 사이로 끈끈한 유대감이 남달랐다. 어느덧 그렇게 둘째 날의 라이딩도 성공적으로 마쳤다.

아~ 정동진…(4)

다음 날, 일찌감치 아침을 먹고 출발하였다. 어느 정도 피로도 풀리고 아침도 든든하게 먹었으니 기분은 상쾌하기 그지없었다. 오늘은 강릉을 지나 송정 휴양소까지 가기로 하였다. 날씨는 첫날보다도 더 청명하였다.

국토 종주 동해안 강원 구간(통일염원길)은 고성, 속초, 양양, 강릉, 동해, 삼척 해안 길과 도로를 따라 이어지는 환상의 자전거길이다. 우리 일행은 이번에 2박 3일 예정으로 고성~정동진까지의 코스를 목표로 달리는 중이다. 그중에서도 오늘은 셋째 날로 강릉 송정휴게소에서 정동진까지 가서 라이딩을 마치고 서울로 복귀하도록 계획을 세웠다. 특히 이번 라이딩 길은 바다 해안을 따라가는 길로 해안의 도시를 지나가고, 해안이 산이나 절벽인 경우는 도로를 따라 고개를 넘어가야 하므로 강릉으로부터는 오르막, 내리막 구간이 많아졌다.

짙은 피로감에 늦잠이라도 잘 법한데, 이상하리만치 일찍 눈이 떠졌다. 숙소에서 내려다보이는 풍경은 솔 향기 가득한 솔밭의 끝이 보이지 않고 솔밭 사이로 동해가 살짝 걸쳤다. 주섬주섬 옷을 입고 일찍 일어난 H 친구와 함께 카메라를 메고 솔밭에 인접한 바닷가로 나갔다. 해뜨기 전, 솔 향기 가득한 소나무길을 걸어 바닷가로 나가니 드넓고 푸른 동해가 넘실거리고 동녘 하늘이 서서히 붉게 물 들어오고 있었다. 숨죽이고 카메라 셔터 누를 준비를 하고 기다렸다. 해무가 다소 물들긴 했지만, 일출을 보는 데는 지장이 없을 듯했다. 수평선이 붉게 물들어 오고 해무가 오락가락하는 사이로 손톱만 한 해가 빼꼼히 얼굴을 내밀더니 순식간에 불쑥 올라왔다. "아! 수평선 위로 올라오는 일출이 이렇게 아름다울 수가?" 감탄사가 절로 나왔다. 이 또한 덤으로 얻은 행복감이 아닐까? 언젠가 설악산 대청봉에서 바라보던 동해의 일출이 떠올랐다.

숙소로 돌아오니 일행들이 하나둘씩 일어나 마지막 날의 라이딩 준비를 하고 있었다. 온몸이 뻐근하고 사타구니 쪽이 불에 데인 듯 화끈거렸지만, 자전거 라이더들이 숙명적으로 견디어 내야 하는 과정일 뿐이다. 아침을 먹고 다시 자전거를 타고 이번 라이딩의 종착지인 정동진을 향해 달리기 시작했다.

한참을 달리다 보니 벼 이삭이 누렇게 물든 황금벌판 한가운데를 달리고 있었다. 때는 중추가절仲秋佳節을 코앞에 둔 결실의 계절이 아니던가? 황금 들판 한가운데를 달리다 보니 어린 시절 고향의 들녘이 생각난다. 누런 벼가 고개를 숙이고 바람이 일렁일 때마다 회오리가 휩쓸고 지나가듯 고개 숙여 인사를 한다. 모두가 동심으로 돌아간 듯, 자전거에서 내려서 걸었다. 허수아비는 간데없고 바람개비만 가볍게 돌아가는 논 가운데 서서 옛 시절을 추억하며 인증샷을 날렸다. 황금벌판을 바라보는 농부의 마음으로 돌아가니 그저 바라보는 것만으로도 벌써 마음은 부자가 된 듯한 느낌이다.

황금 들판을 지나 정동진 가는 길은 가면 갈수록 업로드가 심해져서 점점 힘이 들고 고생스러웠다. 오르고 또 오르면 못 오를 리 없겠건만 이틀 동안 고생한 다리가 점점 더 뻑뻑해지는 느낌이 올 때쯤 서서히 정동진으로 접어들고 있었다.

정동진의 상징인 듯 멀리 유람선 모양의 선 크루즈 리조트의 모습이 눈에 들어왔다. "야호! 이제 고생 끝 행복 시작이다!" 마지막 힘을 내서 속도를 올리기 시작했다.

사공이 많으면 배가 산으로 간다? 유람선 모양의 썬크루즈리조트는 정동진 하면 떠오르는 또 하나의 상징물이다. 하도홍 작가의 '축복의 손(하도홍 작)'을 비롯해 다양한 작품이 전시된 조각공원이 이국적인 분위기를 더하고, 망망대해를 조망하는 스카이워크는 아찔하다.

우리는 정동진 썬크루즈리조트 쪽으로 입성하면서 2박 3일의 대 단원의 막을 내리고 있었다. 변함없이 반겨주는 푸른 바다가 환영의 손짓을 한다. 가슴속에서 알 수 없는 희열이 올라왔다. "아! 드디어 해냈다." 모두가 두 손을 번쩍 들고 걸었다.

전망 좋은 찻집에 앉아 시원한 아메리카노 한 잔씩을 들고 바다를 바라보고 있노라니 지나간 3일간의 아찔했던 정경들이 머릿속을 스친다. 어느새 구릿빛으로 검게 물든 얼굴을 마주 보고는 그 대견함에 서로에게 격려라도 하듯 따뜻한 미소를 지어본다. 어려운 일정 속에서도 7인의 대원이 서로에게 무언의 응원을 해주었고 힘들어 지칠 땐 같이 앉아 쉬면서 친구가 힘을 낼 때까지 기다려준 우정이 있어 가능한 시간이었다. 더불어 익어가는 세월 속에 우리는 동해안 최북단에서 정동진까지의 행복했던 자전거 라이딩을 추억하면서 또 다른 세월을 준비할 것이다. 함께 해주었던 일곱 명의 친구들과 7인의 라이더들을 위해서, 차를 운전해 주신 두 분 아름다운 레이디 들에게도 진심으로 감사의 마음을 전해본다.

> "강나루 건너서/ 밀밭 길을// 구름에 달 가듯이/ 가는 나그네// 길은 외줄기/ 남도 삼백 리// 술 익는 마을마다/ 타는 저녁놀// 구름에 달 가듯이/ 가는 나그네"

언젠가 세월이 흐르고 나면 "나에게도 이런 날들이 있었노라." 당당하게 말할 수 있을 것이다. 끝.

신안 가거도 여행

신안 가거도 여행 첫날(1)

어느 날 TV에 펼쳐지는 가거도의 멋진 풍경을 접하고 불현듯 가보고 싶다는 생각에 여행 좋아하는 고향 친구들과 뭉쳤다. 2022.5.17. 08:22에 용산역에서 목포행 KTX를 타고 출발했다.

벼르고 별러서 타보는 KTX…. 쏜살같이 달리는 차 창 밖으로 펼쳐진 5월의 풍경은 눈이 부시도록 아름다웠다. 연초록 물결이 넘실대는 호남평야, 고즈넉한 햇살이 산골짜기 언저리에 바가지 엎어놓은 듯 붙어있는 마을의 지붕에 내려앉으니 평화가 일렁인다.….

천안, 오송, 익산, 정읍, 송정역을 거쳐 나주역에 도착하니 제법 많은 사람이 내리고 좌석이 널찍해져 빈자리로 옮게 두 다리 쭉 펴고 목포를 향해 출발했다. 오늘이 2022년 5.17일이니 내가 육군 대위 시절, 고등군사반 교육차 이곳 광주에서 3월~10월까지 8개월간 머문 적이 있었다.

1980년도 5월은 5월 광주 사건으로 온통 세상은 뒤숭숭했다. 당시 결혼 전이었던 나는 화정동에 상, 하방 한 칸을 얻어 어머니와 함께 내려왔다. 난생처음 들어보는 상, 하방은 방 하나를 중간에 임시칸막이를 해서 세를 놓은 방을 그렇게 불렀다. 상무대로 전투병과 장교들이 주기적으로 교육(초등군사반, 고등군사반)을 받으러 내려오니 전투병과학고 주위에 그들이 필요한 방이 부족한 실정이었다. 그래서 상, 하방이 생겨난 듯했다.

　설상가상 연탄가스에 노출되어 어머니와 함께 고생 고생하다가 내 친김에 상무대 가까운 쌍촌동으로 이사를 했다. 그때만 해도 쌍촌동은 공동 우물을 사용하는 아주 시골스러운 동네였다. 인심 좋고 정이 넘치는 곳으로 주위에 사는 사람들과 자연스럽게 어울리면서 살았다. 특히 어머니의 음식솜씨가 좋아 가끔 잔치국수를 삶아 비빔면으로 집집마다 한 그릇씩 돌리곤 했는데, 이구동성으로 맛있다는 소리를 들었다. 벌써 사십여 년 전의 일이다. 송정역을 지나면서 지난 세월이 아스라이 떠오른다….

　잠시 상념의 나래를 접고 있노라니 옆좌석에서 같이 가던 어떤 아주머니가 우리들의 대화를 자연스럽게 엿들었나 보다. 나주역에서 내리기 직전에 "목포에 도착하면 유달산 케이블카는 꼭 한번 타보세요. 목포 기차역에서 불과 택시 기본요금 거리에 있어요. 아마도 후회하지 않을 겁니다" 친절하게 안내를 하고 내렸다.

　그분의 권고대로 가거도 카페리호 승선 시간을 고려해서 목포에서 잠시 머무는 동안 유달산 케이블카를 타고 유달산을 올라가 보기로 했다.

　최종 목적지인 목포가 가까워지고 있다. 차창 밖 풍경으로 물이 흥건히 잡힌 논에는 두루미가 긴 다리로 성큼성큼 무논을 정찰하며 먹이 사냥하는 모습이 참으로 정겹다. 드디어 목포역에 도착한 시간은 용산을 출발한 지 2시간 30여 분만인 11시경이었다.

　목포역에서 내려 '금강산도 식후경'이라고 음식점을 찾다 보니 목포역 바로 앞에 중국 음식점이 제일 먼저 눈에 들어왔다. 시장한 김에 거금(?) 9,000원짜리 잡채밥으로 거하게 속을 채우고 유달산으로 걸어 올라갔다. 시간이 허락하면 케이블카를 타려고 했으나 가거도 출발하는 페리호 출발시간이 불과 3시간밖에 남지 않았다. 뱃시간에 맞추느라 케이블카는 다음으로 미루고 걸어서 유달산 두 번째 팔각정까지 올라갔다.

유달산 팔각정에 올라 목포 시내를 내려다보니 목포 시내는 물론이고 노적봉이 손에 잡힐 듯, 눈에 들어왔다. 영산강 줄기와 목포 앞바다가 그림처럼 흐르고 삼학도가 길게 새로 드러누웠다.

목표하면 이난영 가수의 '목포의 눈물'이 아니던가! 유달산 중턱에 이난영의 노래비에서 스피커를 타고 흘러나오는 간드러진 목소리의 '목포의 눈물'이 발길을 잡는다. 유달산 탐방을 마치고 드디어 목포 연안여객터미널로 걸어서 내려왔다. 잠시 기다린 끝에 오후 3시에 남해고속 뉴퀸 페리호를 타고 거거도를 향해 출발했다.

뉘엿뉘엿 오후의 햇살이 바다로 내리꽂히니 황금비늘이 넘실넘실 춤을 춘다. 넘실대는 파도 위로 하얀 물살을 가르며 분주히 스쳐 지나가는 배, 하얀 등대, 멀리서 한 점으로 다가왔다가 사라지는 기암괴석이 아름다운 크고 작은 섬들이 순식간에 파노라마처럼 펼쳐졌다.

얼마를 달려왔을까…. 점차 파고가 불규칙하게 너울거리더니 배가 너울 따라 울렁거리기 시작했다. 문득 속이 메스꺼워지기 시작하다가 점차 뒤틀리더니 멀미로 정신이 아득해졌다. 참느라 안간힘을 쓰다 보니 서서히 지쳐가기 시작했다.

목포항을 출발한 지 3시간 30분 만에 중간기착지인 만재도에 도착했다. 햇살이 곱게 드리워진 만재도는 환상적인 아름다움으로 다가왔다. 잠시 선상으로 나와 바람도 쐬고 영상도 촬영하면서 속을 달렸다. 다시 출발한 페리호는 지루하리만치 느리게 움직였다. 그럴수록 배는 오히려 더욱 흔들렸고 내 속의 뒤틀림은 그 한계를 넘고 있었다. 참다

참다 가거도를 불과 10여 분 남겨놓고 화장실로 달려갔다. 그리고 모든 걸 쏟아냈다.

"아! 나에게 어찌 이런 시련을…."

화장실에서 나오지 못하고 있는 내가 걱정됐는지 같이 간 동료가 화장실까지 들어와 배가 도착한다고 소리를 질러댔다. 고진감래 끝에 가거도에 상륙했다. 속에 있던 것을 모두 비워내서 그런지 조금 살만했다. 사전에 예약한 '둥구팬션'사장님이 부두에 차를 대기 시키고 있었다. 드디어 첫날 묵을 숙소에 도착했다.

둥구팬션에서 첫날 밤(2)

둥구팬션은 가거도 회룡산 자락 중턱에 자리 잡은 숙박업소이다. 산 중턱 숙소에서 내려다본 뷰는 시원하리만치 탁 트였다.

저녁 식탁에는 새콤달콤 시원한 해삼 냉채와 짭조름한 생선구이가 입맛을 돋웠다. 가격은 1인분에 무조건 10,000원이다. 달리 사 먹을 음식점도 변변치 않으니 대부분 팬션에서 숙식을 해결한다는 얘기를 들었다.

저녁을 먹고 바람도 쐴 겸 부두 구경을 나섰다. 항구의 야경을 구경하면서 한 바퀴 돌았다. 우리를 싣고 저녁에 도착했던 남해고속 뉴퀸페리호가 부두 한쪽에 웅크린 채, 깜박깜박 졸고 있다. 내일 아침 08:00에 가거도에서 승객을 싣고 목포를 향해 출항할 예정이라고 한다.

이곳저곳 방파제를 돌면서 야경을 촬영하다 보니 방파제 끝 등대까지 갔다. 밤인데도 불구하고 부두는 소란했다. 밤새도록 정비를 하는 배 한 척이 조명을 환히 밝혀놓은 채, 엔진에서 굉음을 뿜어내고 있었다.

숙소로 돌아와 피곤함에도 불구하고 늦은 시간까지 얘기꽃을 피웠다. 어린 시절 초등학교 동창생인 우리는 새록새록 추억을 쏟아내느라 시간 가는 줄 몰랐다. 여행은 누구와 함께하느냐에 따라 편안하고 즐거움이 배가한다는 사실을 확인하는 순간이다. 여행 첫날의 고단함이 불규칙한 코골이로 방안 가득 소용돌이치더니 어느 순간 자장가로 변하는 순간이다.

신안 가거도 여행 둘째 날(2022.5.18.수)

오늘은 가거도 일주를 계획하고 07:00에 예약한 아침을 먹었다. 가느다란 멸치 육수에 김치를 넣고 끓여낸 새콤시원한 김칫국이 밥상에 올랐다. 섬이라 그런지 매 끼니 생선 반찬은 빠지지 않았다. 무슨 생선인지는 몰라도 간간하게 간이 배인 생선조림도 상에 올랐다. 아침 식사를 하면서 점심으로 주먹밥을 싸달라고 했다.

드디어 배낭을 메고 거거도 일주 첫걸음을 내디뎠다. 대략적인 코스를 계획하고 가거도 초등학교를 들머리로 회룡산 등산로를 탔다. 가거 초등학교를 경유하여 가파른 해안 능선길을 따라 오르다 보니 부두에서 진입하는 등산로와 맞닥뜨렸다. 어제 부두에 도착했을 때, 부두 옆에 불쑥 솟은 봉우리가 무척 인상적이었는데, 오늘 등산로 길에서 다시 보니 바다와 어우러진 그 모습이 한 폭의 그림으로 다가왔다.

바람이 천둥 치듯 불어대는 회룡산 등산로 초입에는 하얀 찔레꽃이 몸을 부르르 떨고 붉은 엉겅퀴가 곳곳에 자생하고 있었다. 요즘 보기 흔치 않은 뱀딸기 밭이 등산로 옆으로 자주 보였다. 온전히 보존된 자연 생태계의 모습이 우리의 눈을 즐겁게 해주었다. 아슬아슬하게 깎아지른 단애 옆으로 등산로가 잘 정돈이 되어있어 엄청난 바람 말고는 걷기에는 쾌적하다.

회룡산으로 올라가는 길목에서 맞닥뜨린 '해뜰목'은 바다를 향해 200m 수직 절벽 위에 있었다. 아래를 내려다보는 순간 오금이 저린다. 망망대해, 푸르다 못해 검게 보이는 바다 한가운데 우뚝 솟은 섬 가거도, 동쪽 해안에 물등개 절벽과 고래 물 뿜는 절벽 위의 양 갈래 능선 사이로 아침 햇살의 일출이 장관인 곳이다.

서쪽으로는 빈지암과 구절곡, 북쪽으로는 태도(상, 중, 하), 흑산도, 홍도가 있으며, 동쪽으로는 만재도, 진도, 초도가 보이는 곳이다.

제주 한라산 뒤에서 용암이 끓어 오르듯이 붉게 태양이 떠오르는 일출 명소이며, 200m 절벽 단애와 세찬 바람에도 자태를 뽐내는 각종 나무들 또한 이곳만의 감상 포인트이다.

바다와 어우러진 해뜰목의 멋진 모습을 구경하고 서둘러 '달뜬목' 쪽으로 발걸음을 옮겼다. '달뜬목'은 해뜰목에서 거리상 불과 얼마 떨어지지 않은 곳에 있었지만 오르는 길이 가파르게 다가왔다.

달이 가장 아름답게 보이는 곳을 섬사람들은 '달뜬목'이라고 불렀다. '푸른 하늘 은하수'라는 동요 속에 달이 있다면 그게 바로 '달뜬목'일 것이다. 가거도 달뜬목에서 푸른 밤하늘과 달과 바다에 비치는 달 속에 토끼 부부의 방아 찧는 모습을 상상하면 옛 첫사랑이 찾아온다는 구전설화가 전하는 곳이기도 하다.

'달뜬목'을 지나 회룡산으로 걸음을 옮기기 시작했다.

신안 가거도 여행(3) 회룡산을 향하여

'달뜬목'을 지나 회룡산으로 접어들자 바람이 천둥 치듯 요란하게 불어온다. 회룡산으로 오르는 길에 동백꽃 꽃잎이 발밑에 뚝뚝 떨어져 발길에 차인다. 눈을 들어 살펴보니 제일 먼저 봄을 알리는 전령사로만 알았던 동백꽃이 아직도 수줍은 듯 살포시 고개를 숙이고 있었다.

"아니 지금이 5월 중순인데, 이곳에 동백꽃이?"

이름 모를 하얀 꽃이 등산로 양옆으로 흐드러지고 탐스러운 찔레꽃과 뱀딸기는 가는 곳곳마다 흔하게 볼 수 있었다.

회룡산 정상이 가까워지자 목도 마르고 다리도 아파온다. 등산로 중간중간이 급경사 바위로 이루어져 설치해 놓은 밧줄을 잡거나 네발로 엉금엉금 기어야만 갈 수 있었다. 드디어 회룡산 정상을 마주했다. 회룡산에 오르면 아래쪽으로는 가거도항이 한눈에 들어오고 북쪽으로는 멀리 독실산 정상이 아련하게 보인다.

가거도항에 도착하면 맨 먼저 마주하는 곳이 가거도 3경인 회룡산과 녹섬으로 회룡산 높이는 282m이다. 회룡산과 함께 큰 녹섬과 작은 녹섬이 한데 어우러진 풍경은 한 폭의 진경산수화 같다.

'회룡산回龍山은 애틋한 사랑의 장소로 용궁의 왕자가 이 산에서 수도하고 있을 때, 이곳의 아름다움에 반해 내려와 유람하는 선녀들의 미모에 빠져 수행을 멀리하고 방탕한 생활을 하였다. 이에 용왕이 크게 노하여 왕자는 벌하지 못하고 호위하던 무사를 장군봉으로 변하게 하는 벌을 내렸다. 선녀들이 그를 불쌍히 여기고 산봉우리에서 눈물을 흘리다가 하늘로 올라갔다'라는 전설이 전해지는 곳이다.

이곳을 회룡산回龍山과 선녀봉으로 부르기도 한다. (회룡산 표지판에서)

회룡산에서 바라본 가거도항은 어머니의 품속같이 아늑해 보였다. 잠시 숨 고르기를 한 다음 서둘러 발길을 재촉했다. 오늘 중으로 해발 639m인 독실산을 거쳐 가거도 등대까지 가야 하기 때문이다. 산능선을 따라 걷다 보면 섬 특유의 난대림이 울창하다. 육지에서는 느낄 수

없는 정취가 있다. 후박나무의 울창함, 흐드러진 하얀 찔레꽃과 낙화
한 동백꽃 꽃잎을 밟고 가다 보니 어느새 삿갓재(샛개재)에 이른다.

삿갓재를 지나 제1 벙커 표지판 앞에는 흔적이 오래된 팔각정이 잠
시 쉬어가라는 듯 기다리고 있었다. 몇 시간 째 걸었지만, 등산로에서
단 한 사람도 구경 못 한 이 외진 곳에 팔각정이라?… 그곳에서 잠시
쉬었다가 일제의 잔재인 제1 벙커를 지나쳐 험한 산길을 오르고 내리
다 보니 삼거리가 나타났다. 이제 마지막 남은 독실산을 올라야 한다.
이정표를 자세히 보니 삼거리에서 독실산 정상으로 가는 표시가 원래
는 있었는데, 살짝 지워져 있었다.
"아니 이게 웬 떡인가?"
거의 차도로 포장된 길이 이어져 있는 것으로 보아 누군가 독실산
바로 밑에서 살고 있는 게 틀림없다는 생각이 든다.
편안한 마음으로 가볍게 오르다 보니 포장길의 끝자락에 드디어 미
상의 초소가 나타났다. 그 초소를 통과하지 않고는 독실산으로 오르
는 등산로는 보이지 않았다. 굳게 닫힌 철문, 철문 안 초소에는 인적이
없고 다만 인터폰으로 연락하라는 문구만 눈에 들어왔다. 아쉬운 대
로 그곳에 설치된 독실산 표지석 앞에서 인증샷을 하고는 발길을 돌
려야 했다.
사실 독실산을 올라야 그 너머에 있는 가거도 등대로 바로 내려갈
수 있는데, 삼거리까지 되돌아오면 먼 거리를 돌아야만 등대에 도달할
수 있었다.
급경사로 이루어진 도로를 따라 가거도 등대를 향해서 터덜터덜 걷
기 시작했다. 까마득했다. 이미 점심때가 훌쩍 지났으니 배도 고프고

다리도 아팠다. 한 시간여를 내려가다 보니 '대평마을'이 나타났다. 해안가 경사지에 올망졸망 모여 있는 작은 어촌이었다. 바다를 끼고 있는 마을의 풍경은 아찔할 정도로 아름다웠다.

이곳에서 점심을 먹고 가기로 하고 초입에 있는 집에 들르니 주인장이 금세 낚시로 건져 올린 놀래미를 손질하다가 마당가 평상을 이용하라고 허락한다.

신안 가거도 여행(4) 가거도 등대와 바람의 언덕

점심 먹을 장소를 찾던 중에 앞마당 평상을 이용하라고 하락해 준 그분의 마음이 고마웠다. 시장한 김에 부랴부랴 평상에 식탁을 차렸다. 식탁이라고 해야 아침에 펜션에서 싸준 주먹밥과 한, 두 가지 간단한 반찬이었다.

주먹밥을 먹으며 집주인과 얘기를 해보니 정년퇴직을 하고 서울에 가족을 둔 채, 혼자 내려와 지내는 자연인이었다.

낚시가 좋아 이곳에 잠시 머문다는 주인장은 "혹시 적적하거나 불편하지는 않으냐?"는 질문에 "그 정도는 감수해야 이곳에 행복하게 지낼 수 있다"라고 자신 있게 말했다. 진심인 듯했다.

점심을 먹고 다시 서둘러 출발했다. 등대로 가려면 독실산 중턱을 넘어야 하는데, 그 경사도 만만치가 않았다. 더구나 다소 무리한 산행으로 온몸이 뻐근하고 다리도 아팠다. 꾸역꾸역 가파른 중턱을 향해 올라가면서 행여 등대 쪽으로 가는 차를 은근히 기대하는 마음으로 출발했으나 가는 내내 허사였다.

고진감래苦盡甘來 끝에 드디어 가거도 등대에 도착했다. 우리는 모두 두 팔을 번쩍 들고 소리쳤다.

"등대가 나왔다!"

아침 7시에 숙소를 출발해서 무려 8시간 끝에 만난 '가거도 등대'였으니 얼마나 반가웠던가. 가거도(소흑산도) 등대는 중국 상하이의 닭 울음 소리가 들린다고 할 정도로 중국과 가까이 있는 우리나라 최서남단의 섬 가거도에 위치하고 있다.

1907년 12월 무인 등대로 처음 불을 밝힌 후 주변 해역의 통항 선박 증가에 따라 등대 기능 강화를 위하여 1935년 9월부터 등대원이 상주하는 유인등대로 바뀌었다.

소흑산도(가거도의 옛 이름) 등대는 동중국해 및 외해에서 우리나라 서남해안으로 들어오는 선박들의 위치를 확인해 주는 육지 초인표지 역할을 하고 있다.

백색의 등탑은 7.6m이며 야간에 15초마다 반짝거리는 등대 불빛은 약 38km 밖에서도 볼 수 있다. 또한, 최첨단 항법 시스템인 위성항법보정시스템(DGPS)이 2002년 11월에 설치되어 반경 100마일 이내에서 위성항법시스템(GPS)의 위치 오차를 1m 이내로 줄여주는 위치보정 서비스를 실시간으로 제공하고 있다.

가거도 등대를 배경으로 사진도 찍고 영상을 촬영하다가 부두로 나오는 택시를 섭외해서 바람의 언덕으로 출발했다. 걸걸한 목소리의 나이 지긋한 기사님이 연신 '바람의 언덕'을 가보는 게 어떠냐고 꼬드긴다.

가거도에 와서 '바람의 언덕'을 안 보고 가면 후회할 거라는 등, 오전에 태워다 준 관광객들이 '바람의 언덕'을 보고 너무 좋아 오줌을 지렸다는 등 1인당 만 원을 추가하라고 분위기를 몰아간다.

"그래, 언제 또 가거도를 오겠냐, 가보자"

'바람의 언덕'에서 바람과 싸우면서 멋진 해안 절경을 구경했다. 하지만 오줌을 지릴 정도는 아님을 금세 알아차렸다.

아무튼, 이로써 가거도 종주는 끝이 났다. 온종일 26,696보를 걸었다. 거리로는 20.13KM 산악행군을 한 셈이다.

신안 가거도 여행(5) 목포 유달산 해상케이블카를 타고

가거도 부두에서 08:00경에 출발한 뉴퀸페리호는 넘실대는 파도를 헤치고 목포항을 향해 힘차게 내달린다. 가거도 입항할 때, 배멀미로 고생했기에 다소 긴장했으나 별 탈 없이 항해를 마치고 11시가 조금 넘은 시간에 목포 연안여객터미널에 도착했다.

목포역을 찾아 서울로 올라오는 KTX를 알아보았더니 오후 6시에 출발하는 기차밖에 없었다. 그러면 남은 시간을 어떻게 활용할까? KTX 타고 목포로 내려올 때, 목포에 가면 유달산 케이블카는 꼭 타보라고 하던 아주머니의 권고대로 목포 해상케이블카를 타보기로 했다.

오늘따라 6.1지방선거 공식유세 첫날이라 목포역 근처에는 사방에 선거운동원들이 배치됐고 차량과 스피커를 동원해 엄청난 소음을 생산해 내고 있었다. 우리 일행은 케이블카 탑승지점인 북항으로 이동하기 위해 택시를 잡았다. 연세가 지긋하신 택시기사님은 뭔가 못마땅한 듯이 혀를 끌끌 찼다.

"선거할 때만 되면 저 지랄이여, 선거 끝나면 코빼기도 안보인당께"

택시기사님과 이런저런 이야기, 목포의 분위기를 얘기하는 동안 불과 10여 분 만에 북항 해상케이블 스테이션에 도착했다. 그런데, 무거운 배낭을 짊어지고 유달산에 오를 생각을 하니 난감한 상황이었다. 동료 하나가 부지런히 발품을 팔더니 매표소 옆쪽에 있는 관광안내소 쪽으로 빨리 오라고 손짓한다. 관광객의 편의를 위해서 잠시 짐을 맡아주는 장소라고 하며 배낭을 모두 맡기라고 한다.

"휴, 다행이다. 이제 한시름 놓았네!"

오늘의 수훈갑은 부지런히 발품을 팔아 배낭을 맡길 수 있도록 한 그 친구였다. 가벼운 마음으로 목포 북항 ~ 고하도 해상케이블카 왕복권 티켓을 끊었다. 오늘따라 버스를 대절한 단체관광객들이 밀려오는 바람에 걱정했는데, 기우에 지나지 않았다. 수시로 오르내리는 케이블카로 그 많은 관광객이 별로 대기시간 없이 탑승할 수 있어 좋았다.

'목포 해상케이블카'는 북항 스테이션을 출발해 유달산을 경유 고하도를 잇는 해상케이블카로 왕복 40분간 하늘에서 아름다운 경치를 즐길 수 있다.

국내에서 가장 긴 3.2km의 길이로, 긴 거리를 케이블카로 갈 수 있어서 바다의 정취에 흠뻑 빠질 수 있다. 또한, 높이가 155m로 국내 최고 높이의 케이블카라고 한다. 특히 바닥이 투명한 크리스털 케이블카에서 바다와 해상 데크를 조망할 수 있으니 짜릿한 스릴을 맛볼 수 있다.

우리는 중간기착지인 유달산에 내려 지난번에 못 본 이곳저곳을 보기로 했다. 유달산 스테이션에서 내리니 파랗게 드러난 하늘 아래 초여름의 녹음이 시원하게 펼쳐졌다. 지난번에 시간에 쫓겨 못 본 세 번째 팔각정 유선각을 보기로 했다. 이정표 따라 조금 내려가니 삼거리가 나오고 근처에 유선각이 보인다.

유선각儒仙閣은 많은 시인 묵객들이 풍류를 즐긴 곳이라 하여 무정 정만조 선생이 이 누각의 이름을 유선각儒仙閣이라고 지었다고 전해진다. 1932년 10월 1일에 건립된 유선각은 원래 목조 건물로 전통적인 우리 건축양식을 갖추고 있었는데, 태풍으로 무너져 중건했으나, 또다시 풍파로 인하여 퇴락하자, 1973년 8월 1일 옛 모습 그대로 개축한 것이 현재의 유선각이다. 누각 내부에 들어서면 독립운동가이자 광복 후 한국 정치계의 거물이었던 해공海公 신익희申翼熙 선생이 쓴 유선각이라는 편액이 걸려 있다.

유선각에 오르니 목포 시내 전경과 목포 앞바다 위를 오르내리는 케이블카의 모습이 평화로웠다. 고하도에서 목포 바다를 가로질러 부드러운 유선형의 목포대교가 그림처럼 떠 있다. 가까이에는 노적봉과 삼학도, 멀리 다도해에 올망졸망 떠 있는 크고 작은 섬들이 아기자기한 멋스러움을 표출해내고 있다.

사진도 찍고 영상도 촬영하면서 시간을 보내고 다음에는 일등바위 쪽으로 방향을 잡았다. 삼거리로 되돌아와 일등바위 쪽을 바라보니 제법 급경사에 나무계단이 까마득했다. 잠시 머뭇거리고 있는 사이 삼거리 휴게소에서 휴식 중이던 연세 지긋한 어떤 분이 우리들의 모습을 보고는 데크 바로 옆의 오솔길을 가리켰다.

그 어르신 덕분에 오솔길 따라 언덕을 오르니 그곳에도 갈림길이 나타났다. 일등바위까지 다녀오려면 최소 30여 분은 소요될 듯하여 포기하고 바로 위에 있는 마당바위까지만 보기로 했다.

마당바위는 어른 10명이 앉아서 쉴 정도의 마당같이 넓은 바위라 하여 붙여진 이름이다. 마당바위 맞은편에는 일등봉 전면이 보이고 중앙에 손가락 바위가 있다. 그러나 이곳에서 바로 일등봉을 오를 수 없어 다시 관운각까지 돌아가야 한다. 이 바위 근처에서 봉황불을 피웠을 가능성이 크다고 전한다.

마당바위를 보고 관운각 맞은편에 있는 애기 바위에 올라 기념사진을 찍고 관운각을 거쳐 유달산 스테이션으로 내려왔다.

유달산에서 케이블카를 타고 고하도로 향했다. 발밑으로 펼쳐지는 목포 바다가 참으로 아름다웠다.

고하도 스테이션에 도착하자 옥상으로 올라가 방금 케이블카를 타고 온 방향을 바라보며 지형분석을 해보았다. 케이블카가 연신 오르내리는 풍경 아래 바다를 끼고 산책로가 조성되어있어 아름다운 바다를 보며 해상 트레킹을 즐길 수 있다는 생각이 들었다.

드디어 산책로로 접어들었다. 산책로 초입에는 150세 나무계단이 설치되어 있다. 계단을 오르다가 자신의 나이에 잠시 서서 삶을 뒤돌아보라는 의미가 아닐까?

나이 계단을 지나 숲길을 따라 걷다 보면 불쑥 전망대 하나가 눈에 들어온다. 이곳이 고하도 전망대이다. 이충무공이 13척의 판옥선으로 명량대첩 승리 후 106일 동안 머무르면서 전열을 가다듬었던 고하도에 13척의 판옥선 모형을 격자형으로 쌓아 올려 충무공의 얼을 담고 교육 및 관람 시설로 활용하고 있다.

전망대는 1층은 휴게공간, 2~5층은 전망대 및 목포 관광 소개, 옥상에는 옥외전망대를 설치하였다. 옥외전망대에서 바라보니 유달산에서 고하도로 오르내리는 케이블카가 바다와 어우러져 한 폭의 그림처럼 흐른다. 좌측으로는 해안 데크길 과 목포대교가 잘 어우러져 멋진 스카이라인을 조성했다.

전망대에서 내려와 가파른 계단을 따라 해안으로 내려오니 드디어 해안 데크 길을 만났다. 용머리까지 거리는 931m로 파도 소리를 들으며 걸을 수 있었다. 걷다 보니 어느새 피로가 말끔히 씻기는 느낌이다. 바다의 암석이 깎여 언덕 모양으로 생긴 지형 해식애, 세월 속 풍파의 흔적이 고스란히 남아있다.

용머리와 중간지점에 넓은 광장 형식의 포토존이 설치되어 있었다. 포토존에는 조선 수군이 명량대첩 승전 이후 전력 정비를 위해 고하도에서 106일 동안 머물렀던 것을 기념하는 4m 높이의 이순신 장군 조형물이 설치됐다. 고하도는 왜구의 내륙 침략을 효과적으로 방어할 수 있는 전략적 요충지였던 셈이다.

목포대교의 휘어진 멋진 모습이 눈앞에 들어올 때쯤에 용머리에 도착했다. 용섬이라는 이름처럼 마치 용이 길게 누운 듯한 형상의 높낮이를 달리하며 이어지다 오른쪽 끝에서 용머리의 형상을 하면서 고개를 쳐든 모습의 용머리 해안이다.

용머리 포토존에는 높이 4m의 용을 형상화한 조형물이 설치됐다. 고하도 용머리는 용이 날개를 펴고 하늘로 승천하는 전설을 지닌 고하도의 멋진 풍경을 감상할 수 있는 데크길로 용의 기운을 듬뿍 받을 수 있다고 한다. 해안 데크 남쪽 끝 해안동굴은 다음에 보기로 하고 일단 고하도 스테이션으로 철수했다.

사실 목포 해상케이블카를 타고 고하도까지 오면서 고하도 해상데크길은 덤으로 얻은 여행의 기쁨이었다. 오늘의 모든 여행 일정을 마치고 케이블카를 타고 북항 스테이션으로 이동하고 있다. 몸은 비록 고단했지만 멋지고 아름다운 '목포 해상케이블카'를 타고 즐거워했던 그 시간은 참으로 소중한 시간이었음을 다시 한번 되새겨보는 여행이다.

케이블카 여행을 끝으로 가거도 여행의 대미를 장식하면서 여행을 마치게 되었다. 서울로 올라오는 KTX에서 여행의 피로함이 밀려오는 우리는 송장처럼 모두 축 늘어졌다. 그러나 웬만해서는 결코 볼 수 없을 가거도 여행은 훗날 두고두고 우리들의 이야깃거리가 되지 않을까 하는 생각을 해본다. 끝.

한라산 백록담을 향하여

성판악에서

제주도에는 가끔 갔지만, 한라산에 올라 백록담을 못 보고 내려오기를 여러 번, 기어코 이번에는 백록담을 보고 오기로 하고 2박 3일의 제주도 여행을 계획했다. 인생이라는 대개 그러하듯, 다람쥐 쳇바퀴 돌 듯 돌아가는 세상에 늘 퍽퍽하고 지루하기만 한 일상에서 잠시 벗어나고자 군 시절의 동기인 3쌍 부부가 의기투합하여 꽃향기가 그윽한 5월의 어느 날 제주도로 떠났다. 2박 3일 중, 한라산 등반은 두 번째날로 정했다.

이번 여행의 하이라이트인 한라산 등반! 기대 반 걱정 반으로 잠속으로 빠져들었는데…

또드락 뚝딱! 또드락 뚝딱… 고요한 아침 공기를 깨고 거실 쪽에서 도마에 칼질하는 소리가 아련하게 귓전을 울렸다. 눈을 번쩍 떠보니 창문 너머로 환하게 동이 터오고 아직은 어둠이 채 가시지도 않은 주방에서 식사 준비를 하는 아낙들의 조용하면서도 부지런한 움직임이 감지되었다.

덕분에 아침 식사는 걸쭉한 전복죽으로 영양을 보충하였는데, 각자가 한라산 등반을 대비하여 두세 그릇씩을 뚝딱 비워 든든하게 속을 채웠다.

해발 1950m의 한라산 정상까지 무사히 갈 수 있을는지 걱정은 태산이면서도 웬 먹을거리를 그리도 많이 준비하였는지? 돼지고기 수육에 홍어회와 양념 장류, 각종 나물류, 그리고 금세 지은 밥을 바리바리 배낭에 넣고 그것도 모자라 막걸리에 물까지 챙겨 넣고 보니 배낭 무게만 해도 어깨가 묵직하기 그지없었는데, 설상가상 무거운 카메라까지 목에 걸고 보니 아득하기만 했다. 하지만 우리가 누구냐! 한창 젊은 시절에는 웬만한 고지는 단숨에 뛰어오르던 역전의 용사들이 아니던가?

한라산 백록담까지 오르기 위해서 성판악 코스를 택했는데 성판악 코스는 편도 9.6km이며 보통 걷는 시간만 4.5시간을 잡아 왕복 19.2km로 총 9시간을 걸어야만 하는 험난한 코스였다.

다행히 코스 자체가 완만하다고 하여 한결 마음은 놓였지만 그래도 은근히 걱정이 앞선다.

그렇게 시작한 한라산 등반길, 다행히도 비가 그친 산길에는 시원한 나무 그늘과 신선함이 묻어났고 싱그러운 숲속에서 산들산들 바람이 불어와 상쾌하게 발걸음을 시작하였다. 완만한 등산로라고 하지만 제주도 특유의 울퉁불퉁 돌계단으로 이어져 걷기가 만만하지가 않았다.

일행 중, 최 박사는 무릎이 좋지 않아 전날부터 걱정을 많이 했다. 한라산 등반을 하기 위해 두어 달 전부터 시간이 날 때마다 집 근처 야트막한 산을 연습 삼아 오르곤 했다는데 딱 2시간만 걸으면 무릎에 신호가 와서 걱정이 태산이라고 했다. 그런데 막상 등반이 시작되자 제일 앞에서 씩씩하게 오르기 시작하였다.

이름 모를 산새들의 지저귐, 산비둘기 소리가 산중에 울려 퍼지고 가끔은 까마귀가 머리 위를 빙빙 돌면서 환영을 해주었는데, 일행과 뒤질세라 부지런히 발걸음을 옮기다 보니 아낙들의 발걸음이 무거워졌다.

거친 숨소리를 내면서 제주도 특유의 돌계단을 오르다 보면 삼나무 숲이 나오는데 삼나무 숲을 지나 해발 1,140m에 있는 속밭대피소가 나왔다. 세 부부가 조금씩 떨어져 오르고 있었으니 숨도 고를 겸 선두에서 오르던 팀이 잠시 휴식을 취하면서 일행들과 합류하기로 하였다.

1차 휴식! 달콤한 휴식이었다. 물도 마시고 간식도 먹으면서 재충전을 하였다.

진달래밭 대피소까지

속밭대피소에서 1차 휴식을 취한 후 본격적인 오름이 시작되었다. 끝없이 이어진 돌계단과 중간중간을 이어주는 데크… 그래도 싱그러운 숲 내음과 선들 한 바람, 그리고 환영이라도 하듯 울어주는 산새 소리를 동무 삼아 꾸역꾸역 오르고 있었다.

이 시기에 한라산에서는 무엇을 볼 수 있을까? 진달래를 볼 수 있다고 하는 소리를 반신반의하면서 혹, 멋진 진달래꽃밭을 볼 수도 있겠다는 상상을 하면서 걸었다.

육지에서는 이미 져버린 진달래꽃을 정말 볼 수 있을까? 강화도 고려산 진달래 능선에서 보았던 붉고 화려한 꽃잎을 상상하면서 오르다 보니 드디어 진달래밭에 도착하게 되었다. 진달래밭 대피소 앞에 배낭을 내려놓고 2차 휴식을 취했다.

데크에 다리를 쭉 뻗고 털썩 주저앉아 초콜릿을 먹고 있는 최 박사의 모습은 마치, 몇 날 며칠 전투를 하다가 지쳐서 휴식을 취하는 곤궁한 전사의 그 모습이라면 과장일까?

물 한 모금 마시고 다시 기운을 내서 배낭을 짊어지고 올라선 길에서 저 멀리 옅은 구름에 둘러싸인 한라산의 모습이 살짝 드러났다.

아스라이 구름에 닿은 길에는 울긋불긋 등산객들이 행렬을 지어 올라가고 있었는데, 평일임에도 산을 찾는 이들이 이토록 많을 줄은 몰랐다.

어쩔 수 없는 60대의 시니어들이 거친 숨을 몰아쉬며 오르다가 잠시 뒤돌아보면 짙푸른 녹음이 길게 드리워진 산자락 밑, 서귀포 시내가 한눈에 들어오고 그 끝에는 일렁이는 검푸른 바다가 아찔할 정도로 아름다웠다.

수령壽齡을 짐작할 수 없는 주목朱木이 등산로 양옆으로 이어져 서 있고 그중에는 앙상한 가지를 드러낸 채 폐목廢木이 되어 고고하게 바람을 견디어 내는 주목도 있었다. 한라산 정상에 가까워져 오자 가파른 등산로는 나무 테크로 계속 이어졌고 물밀 듯 불어오는 바람이 심상치 않음을 감지하였다. 아! 드디어 백록담이 지척에 보인다.

아! 한라산 백록담

부지런히 발품을 팔아 미리 백록담에 도착한 나는 속속 도착하는 동료들을 촬영하기 위해 카메라를 들고 입구 쪽에서 기다리고 있었다.

곤한 몸을 이끌고 만면에 미소를 가득 띤 채 드디어 해냈다는 기쁨으로 두 손을 번쩍 치켜들고 마지막 계단에 올라서는 동료들을 일일이 환영하며 사진을 찍었다.

인증 샷을 위해 백록담 표지석 아래로 길게 줄이 이어졌는데, 어찌나 바람이 세게 불던지 황급히 배낭에서 바람막이 옷을 꺼내 입었다. 5월임에도 불구하고 변화무쌍한 날씨가 우리 일행을 당황하게 했다. 허둥지둥 인증 사진을 마치고 말로만 듣던 백록담을 자세히 보기 위해 조금 위로 올라섰다. 초겨울의 싸늘한 바람이 천둥 치듯 불어대는 가운데 백록담을 조망眺望할 수 있었으니 역시 변화무쌍한 한라산은 그 높이가 백두산 다음가는 산중의 산인가보다.

백록담 바로 밑 양지바른 테크에 배낭을 풀고 가져간 음식들을 꺼내놓으니 이보다 더한 진수성찬이 있으랴! 돼지고기 수육에 홍어, 그리고 막걸리를 곁들인 삼합이 갈증 나고 허기진 배를 채우기에 부족함이 없었다.

올라오면서 고생담을 비롯한 온갖 이야기꽃을 피우며 맛있는 점심을 먹던 중에 바로 옆에서 홀로 쓸쓸하게 앉아서 비스킷을 먹고 있는 외국인 청년을 보게 되었다.

세 남자는 모두 그를 데려다가 음식을 좀 나누어 먹이자고 의견을 모으니 마님들께서는 먹던 음식을 어떻게 권하느냐고 반대의 의사를 분명히 밝혔지만, 언어 구사가 무난한 최용호 박사가 다가가서 몇 마디 나누고는 그를 우리 자리로 데리고 왔다.

이번 여행을 계획하고 주도해 온 우리들의 캡틴 海松 김금섭 대장의 사위가 미국인이기도 하거니와 우리의 아이들도 미국의 콜로라도 주 덴버에 살고 있기에 혹여 마음이 더 쓰였는지도 모르겠다.

아무튼, 자신의 이름을 '마이클'이라고 소개한 그 외국인은 아직도 결혼하지 않은 스페인 청년이었다. 이것저것 챙겨주니 먹기도 잘하였는데, 아마도 몹시 시장했던 모양이었다. 그런데 그 녀석, 막걸리는 물론 돼지고기 수육을 된장에 꾹 찍어 잘도 먹어댔다.

막걸리 한 잔 쭉 들이켜던 마이클이 갑자기 다리에 쥐가 났다며 테크에 벌렁 나가 자빠졌는데, 어찌하랴! 모두가 달려들어 털이 북슬북슬한 그 녀석의 다리를 붙잡고 마구마구 주물러 주었더니 괜찮아졌다고 하였다.

입식 문화에 익숙한 그가 데크에 다리를 포개고 앉아서 음식을 먹다 보니 쥐가 난 모양새다. 어쨌거나 밥과 반찬은 물론이고 이것저것 잘 먹으면서 여간 고마워하던 그가 기념사진을 찍겠다고 하면서 두 엄지손가락을 번쩍 치켜들었다.

그 친구를 데려다가 음식을 나누어 먹인 것은 어찌 보면 보잘것없는 작은 배려이지만 참 잘한 일인 듯싶었다. 역지사지易地思之의 마음으로 우리가 낯선 외국에 여행을 갔을 때를 생각하면서 작은 관심과 배려의 차원에서 나눔은 역시 모두의 마음을 따뜻하게 해주었다. 몇 번이고 고맙다고 고개를 숙여 인사를 하는 그 스페인 청년을 보내고 나니 내려올 일이 꿈만 같았다.

드디어 해냈다

우리의 인생도 마찬가지일 터, 육십 고개를 넘어 이제 내리막길에 가속을 붙일 시기임을 생각하지 않을 수 없는 한라산 등반. 그 하산 길에서는 피로가 온몸을 엄습했다.

아침 여덟 시에 시작한 한라산 등반은 오후 6시 30분에 모든 동료가 성판악 주차장으로 되돌아오므로 써 장장 10시간 30분의 고단한 여정이 끝났다.

고단한 가운데서도 모두가 해냈다는 뿌듯함이 마음을 가볍게 해주었다. 언제 또다시 이곳을 찾을까마는 명산 중의 명산 제주도 한라산을 당당하게 정복했다는 은근한 자부심이 샘솟았다. 거기에다가 날씨까지 좋아서 멋진 백록담을 볼 수 있었으니 얼마나 상쾌한지 모르겠다.

우리 인생에 있어 더는 젊은 시절은 돌아올 수 없으나 늘 긍정적인 사고로 생동감 넘치는 삶을 살아가야겠다는 생각을 해본다.

월악산 靈峰에서

　월악산 산행이 계획된 것은 올해 5월 중순, 지리산 천왕봉을 등반하고 복귀하는 차 안에서였다.

　새벽 다섯 시, 모두가 부지런히 움직이기 시작했다. 다행히 수안보에 있는 정보통신부 휴양소에 숙소를 정해 편안하게 잠을 잤고, 아침에도 제대로 된 식단을 준비할 수가 있었으니 이 또한 행운이 아닐 수 없었다. 사실, 어제저녁보다 더 잘 차려진 아침상을 받고 시원한 막걸리 반주 삼아 잘 먹은 후, 밥 한 솥을 더해 점심을 준비하여 배낭에 넣고 일어서니 그 무게 만만치가 않았지만, 계획보다 1시간 늦은 오전 7시에 덕주사를 향해 부지런히 차를 몰았다. 덕주사 주차장에 주차하고 우리는 본격적으로 산행에 들어갔다.

　월악산은 비운의 왕자인 신라의 마의태자가 금강산으로 들어가기 전에 들러 망국의 한을 달랜 곳이라고 하며 날 머리의 덕주사는 그의 누이 덕주 공주의 전설을 간직하고 있다.

　어제까지만 해도 태풍 메아리의 영향으로 하늘에 구멍을 뚫어놓은 듯 쏟아붓던 빗줄기가 말끔하게 멈추고 파란 하늘에 오락가락하는 구름이 우리를 반겼다. 참으로 묘했다. 아니, 神秘라고밖에는 달리 표현할 수 없을 정도로 山은 매번 우리를 반기고 환영해 주는 듯하여 마음은 한없이 가벼워 저절로 콧노래가 나올 정도였다. 어제 오후, 빗속을 달려 이곳 수안보까지 내려오는 차 안에서 우린 조금은 실망을 했었다. 도무지 개일 것 같지 않은 날씨 탓이었다. 모처럼 계획한 월악산 산행이 수포로 돌아가는 것은 아닌지 하는 우려 속에 많은 비가 아니면 강행할 것임을 은연중에 다짐했다.

그날 아침, 소슬한 바람이 나뭇잎새를 흔들었고 등산로에는 말간 햇살이 나뭇잎에 내려앉아 그늘을 만들어 주었으니 그 상쾌함을 무엇으로 다 표현하랴! 산소리, 물소리, 바람 소리까지 어우러진 등산로에서 도시에서는 도저히 맛볼 수 없는 상쾌함으로 코가 뻥 뚫리고 눈이 시원하니 오르는 발길에 힘을 실어주었다.

평일 이른 아침이라 그런지 등산객은 우리밖에 안 보였다. 잔뜩 빗물을 먹은 山野에서 내뿜는 수증기로 인해 옅은 운무가 산 전체를 뒤덮어 맑은 시야를 확보할 수는 없었지만 갈수록 안개는 걷히는 형상이었다. 며칠간의 비로 인해 불어난 계곡물은 아우성을 치며 아래로 쏟아져 내리고 있었다. 가뜩이나 맑은 물이 폭포를 이루며 쏟아져 내리니 그저 보는 것만으로도, 소리를 듣는 것만으로도 그 시원함이 폐부 깊숙이 스며든다.

덕주사에서 시작한 산행은 덕주산성을 지나면서 급격히 그 가파름이 더해지더니 가쁜 숨을 몰아쉬는 동료의 숨소리가 어깨너머로 점점 커져만 가고 있었다. 오죽하면 농담 삼아 '임종을 앞둔 환자의 거친 숨소리'라고 놀려대질 않았던가?

설악산 (대청봉 1,708m), 치악산(1,288m), 월악산(1,097m)을 3 악嶽이라고 부를 정도로 웬만한 산은 명함도 못 내민다는 험한 바위산, 이중 월악산은 해발고도는 가장 낮지만, 산세의 매운맛은 나머지 두 산과 어깨를 견주어도 전혀 뒤질 게 없다고 한다. 워낙 험준해 감히 접근조차 꺼려지는 월악산 영봉靈峰이 거대한 울타리 역할을 한 덕분에 소국 신라는 고구려와 백제의 침입을 덜 받았고, 신라의 마지막 왕인 경순왕이 고려 태조 왕건에게 나라를 바칠 것을 결정하자 왕자인 마의태자와 그의 누이 덕주 공주가 몸을 의탁한 곳도 월악산이다. 월악산은 신령스러운 산으로 알려져 왔다. 산꼭대기 ‘바윗덩어리에 달이 걸리는 산’이라 월악산月岳山이라고 한다.

본격적으로 산행이 무르익어 가자 모두는 자연스럽게 말수가 적어지고 땀을 흘리며 그저 앞만 보고 열심히 올라가는데, 어쩌다 고개를 들어보니 큰 바위 얼굴처럼 생긴 ‘마애불’이 불쑥 눈앞에 나타났다. 우리는 잠시 이곳에 쉬어가기로 하고 배낭을 내려놓았다. 일행 중 어떤 사람은 반바지로 갈아입고, 잠시 약수도 마시고 숨 고르기를 한 다음 사진을 찍었다.

이곳이 제1 베이스캠프가 되고 말았다. 이제 이곳에서 잠시 제2 베이스캠프를 공략하기 위한 힘을 비축하기로 하였다. 햇살에 눈 부신 마애여래입상은 보물 제406호로써 마의태자의 누이인 덕주 공주가 세운 절이라고 전해지는 월악산 덕주사의 동쪽 암벽에 새겨진 불상이다. 거대한 화강암 벽의 남쪽 면에 조각한 불상은 전체 높이가 13m의 거암에 덕주 공주가 석불 입상을 세워 오빠 마의태자와 함께 망국의 한을 달래고 아버지 경순왕을 그리워했으며 신라의 재건을 간절히 소망했던 곳이라고 한다. 마애불의 얼굴 부분은 도드라지게 튀어나오게 조각하였고 신체는 선으로만 새겼다.

마애불 옆의 암자에서 산중의 적막함을 깨고 나지막하면서도 은은하게 울려 퍼지는 불경 소리는 마치 영혼의 소리처럼 마음속을 편안하게 해준다.

휴식도 잠시 다시 길을 재촉하자 까마득한 절벽을 끼고 오르는 암

릉은 끊임없이 나무계단과 철계단, 그리고 바위 사이사이로 내려서는 수직에 가까운 등산로로 이어져 월악의 진면모를 유감없이 보여주고 있었다.

가뜩이나 고소공포증高所恐怖症이 유별난 나로서는 그저 숨이 턱 막히는 느낌을 지울 수가 없었는데, 어쩌다 까마득하게 내려다보이는 철계단에 오금이 저려올 뿐이었다. 그 와중에도 기암절경奇巖絶景이 나타나기만 하면 여지없이 카메라 셔터를 눌러대니 이쯤 되면 아마추어 사진가로서 조금도 부끄럽지 않겠다는 생각을 해본다.

한고비 넘었나 싶으면 또 나타나는 사다리병창, 다리마저 얼얼할 때쯤, 드디어 마지막 능선이 나타났는데, 이때부터 얼마간은 밋밋한 능선을 따라 편안한 등산로가 이어지더니 헬기장을 막 지나자 드디어 기다리던 영봉이 눈앞에 찬연하게 다가왔다.

아직도 약간의 운무가 산허리를 감돌았지만, 그 신령스러운 모습은 그저 보는 것만으로도 마음을 설레기에 조금도 부족함이 없었다.

월악산의 주봉인 영봉(1,097m)은 달이 뜨면 영봉에 걸린다고 하여 월악산月嶽山으로 불리었다고 한다. 달빛이 영봉에 걸리는 아스라한 장면을 상상하면서 우리는 이곳에 자리를 펴고 간식과 살짝 얼린 막걸리 한 병을 따서 자축했다.

결국은 이곳이 영봉을 오르기 위한 제2의 베이스캠프가 되었고 잠시 휴식을 취하면서 마지막 코스를 공략하기 위한 힘을 비축했다.

"자 이제 영봉을 향해 출발하자"

등산화 끈을 조이고 배낭을 옥죄어 몸에 달라붙게 한 후 드디어 당당하게 영봉을 향해 발걸음을 옮겼다. 영봉으로 가는 길은 예상한 만큼 엄청난 난코스로 가파른 철계단이 수없이 이어지는 그야말로 '악'

소리 나는 구간이 버티고 있었다.

영봉에 가면 한 가지 소원을 빌면 들어주신다고 하니 미리 예행연습 삼아 각자의 소원과 공통의 소원을 소리 내어 기도하면서 올라갔다. 이 부분에 있어 맹오 친구의 유감없는 기도 소리가 메아리 없는 산중에 울려 퍼졌는데, 그 바람에 힘든 줄 모르고 300m 앞까지 접근했다.

마의 300m, 그토록 기대하던 영봉이 바로 코앞에 나타났는데, 이제부터 마지막 스퍼트에 마음은 설렜다. 까마득히 올려다보이는 철계단이 지레 질리게 했지만, 가쁜 숨을 길게 몰아쉬면서 준비운동을 했다. 표지판 앞에서 기념사진을 촬영하고 드디어 마의 300m 구간을 향해 발걸음을 옮기는 순간, 밀려 내려온 흙더미가 불쑥 길을 막아선다.

"아! 이곳에도 여지없이 태풍 메아리가 할퀴고 지나간 흔적이 선명하게 남아 있구나.…"

그곳을 우회하여 급경사의 돌계단과 철계단을 번갈아 오르니 목까지 차오르는 거친 숨을 겨우 잠재우며 위를 쳐다볼 때마다 영봉의 실체가 조금씩 드러나기 시작했다. 영봉뿐만 아니라 영봉에서 뻗어 나가 한 줄기로 연결된 중봉과 하봉의 실체도 한눈에 들어오기 시작했다.

천신만고 끝에 오른 월악산 영봉! 그 앞에서 잠시 말을 잊은 채 우리는 산 아래 동네를 내려다보았다. 성냥갑처럼 밀집된 집들은 마치 장난감 같은 모습으로 희미한 운무에 싸여 있었다.

"저곳이 우리가 살고 있던 세상이란 말이지?"

희미한 운무는 어느 정도 걷히고 파란 하늘에 우뚝 솟아 있는 영봉은 그 자체만으로도 신령한 기운이 감돌아 있는 듯 보였다. 만고풍상을 겪고 있는 비좁은 정상 바위 꼭대기에 생각보다는 작달막한 정상석 앞에서 인증 사진을 찍고 사방 이곳저곳의 멋진 모습들을 카메라에 연신 담았다. 신령한 산, 영봉 바로 밑에 자리 잡고 점심을 먹기로 했다. 상추쌈에 시원한 막걸리 한 잔이 파김치가 되었던 몸의 피로를 풀어주는 듯했다. 하산은 시작되었는데, 가파른 철계단과 나무계단이 발목을 잡으니 역시 월악산은 그 이름값을 톡톡히 하나 보다. 덕주사 못미처 다리 밑에서 우리는 땀에 젖은 배낭을 내려놓고 등산화 끈을 풀고 계곡물로 풍덩 뛰어들었다.

"아! 이 시원함이여…"

시원함을 넘어 계곡물에서 올라오는 한기에 발에서 쥐가 나기도 했지만, 머리를 감고 발 씻고 땀에 젖은 옷까지 갈아입으니 이제야 살맛나는 세상이 되었다.

월악산 등반은 장마 중에 요술처럼 이루어졌다. 내일부터 다시 장마가 시작된다고 하니 이 얼마나 행운이던가? 월악산 중원 미륵사지에 들러 사진 촬영을 하고 서산 너머 곱게 물들어가는 노을을 뒤로 한 채 수안보 온천에 들러 피로에 젖은 몸을 담그니 드디어 월악산 산행이 마무리되었다. 언제까지 이런 행운이 나에게 따라줄 것인가? 영봉에서 우리는 이런 기도를 하였다. 건강을 허락해 주실 것과 아울러 건강이 허락하는 한 山에 오를 수 있는 희망을 주십사하는 기도를 하였다.

서울로 올라오는 차 안에서 파김치가 되어 졸고 있었는데, 비몽사몽 간에 차 창밖으로 세찬 빗방울이 흩뿌리고 있었다.

"장마가 또다시 시작되려나 보다 …"

불과 몇 시간 전에 그 화창하던 하늘이 이렇게 비를 내리고 있다. 3대가 덕德을 쌓아야 볼 수 있다던 지리산 천왕봉 일출을 단 한 번 만에 보고 왔던 우리였는데, 이번엔 장마 중에 반짝 하루를 월악산에 묻고 왔다. 꿈결처럼 지나간 월악산 영봉이여…

활짝 열린 비밀의 문(북악산 남측탐방로)

54년 만에 개방된 김신조 루트인 북악산 한양도성 남측 길 코스를 방문하기 위해 지하철 3호선 경복궁역에서 내렸다. 경복궁 정문으로 들어가 입장권을 발부받아 근정전과 경회루를 두루 구경하고 향원정을 촬영한 다음, 신무문을 통과해서 청와대 앞으로 나갔다. 청와대를 배경으로 인증 샷을 하고 경비원의 안내를 받아 삼청공원 쪽으로 발길을 옮겼다.

삼청동 주민센터를 지나 삼청공원 쪽으로 올라가다 보니 공원 가는 길옆에 꽤 여러 면의 테니스장에서 테니스 게임을 즐기는 동호인들의 모습이 보인다. 평일임에도 불구하고 생동감 넘치는 그들의 모습에서 평화로움을 엿볼 수가 있었다. 나도 한때는 테니스 마니아였는데…. 은근히 마음속에서 잠자던 근육이 용틀임한다.

친구와 도란도란 얘기를 나누면서 그곳을 지나치다 보니 54년 만에 개방된 백악산(북악산) 코스 시작지점인 청운대 안내소가 나타났다.

청운대 안내소에서 출입증을 발급받아 드디어 54년 만에 개방된 한양도성 김신조 루트를 탐방하기 시작했다. 이번에 개방된 청와대 뒤편 북악산 남측탐방로는 삼청공원의 북측 끝자락에 연결된 '청운대 안내소'에서 출입증을 발급받아야 탐방할 수 있다.

2020년 11월 청운대에서 평창동으로 연결되는 북악산 북측 면 구간(2.2km)을 개방하였고, 이후 약 1년 6개월 만인 2022년 4월에 청와대 뒤편인 남측 면(3*km*)까지 개방되면서 북악산 전 지역이 시민들에게 전면 개방됐다.

이로써 북악산 개방 면적은 여의도 공원 4.7배 규모인 110만*m²*로 늘었고, 탐방로 길이는 북측과 남측을 합쳐 5.2*km*에 이른다.

활짝 열린 비밀의 문

이 길은 북악산 일대 군 시설을 철거하고 기존의 순찰길을 활용해 자연 친화적 탐방로로 정비가 이루어져 걷기도 편안하고 쾌적했다.

1968년 1.21 북한 특수 부대원들이 청와대 기습 침투를 시도한 '김신조 사건' 이후 폐쇄되었다가 54년 만에 온전히 국민 품으로 돌아오게 된 것이다.

입구에 걸려 있는 현수막에 '닫혔던 북악산 탐방로, 54년 만에 시민의 품으로' 2022년 4월 6일부터 남측(3.0km) 전면개방이라는 안내 문구와 함께 '오시는 길은 삼청 테니스장에서 400m 뒤편 삼청 탐방안내소'라고 안내되었다. 안내소 철문을 통과해서 잠시 오르다 보니 탐방로는 잘 정비되어 있고 가파른 곳은 나무 데크를 설치해서 불편 없이 오를 수 있었다.

조금 더 오르다 보니 수영장이라는 팻말이 설치되어 있었다. 산에서 내려오는 물을 막아 계곡을 활용한 수영장터가 나타났다.

이곳은 여름철에 장병들이 휴식을 취하도록 계곡을 막아 수영장으로 활용한 곳이다. 수영장 규모는 가로 7m, 세로 2.5m, 수심을 가장 깊은 곳이 2.7m인데, 갈수기인 지금은 그저 도랑물이 졸졸 흐르는 수준이다. 곳곳에 수줍은 듯 진달래가 만개하여 흐르는 바람에 파르르 환영의 춤을 춘다.

법흥사지터

한참을 오르다 보니 얼마 전에 문재인 대통령 내외가 북악산 남측 면 개방 기념 산행 도중 법흥사지 터에 산개한 초석 위에 앉았다가 불교계의 비판을 받았다는 법흥사지 초석이 나타났다. 법흥사지 옛터를 상징해서인지 직사각형으로 일정한 간격을 유지한 채, 놓인 초석은 그 어떤 안내문도 없이 놓여있었다.

이곳을 오르내리는 탐방객들이 잠시 앉아서 쉬어가기에 안성맞춤이다. 그러나 이곳 말고도 오르는 탐방로 곳곳에는 쉴만한 공간은 꽤 많았다.

남측 면 중턱에 있는 법흥사지터는 문화재청과 한국문화재단이 만든 '북악산 한양도성' 안내자료에 따르면 「법흥사는 신라 진평왕 때 나옹 스님이 창건했다고 전해지지만 이에 관한 뚜렷한 기록은 없다. 1955년 청오 스님이 사찰을 증축했지만 1968년 1·21사태 이후 신도들 출입이 제한됐다」라고만 기록됐다. 실제 현장에서 봐도 1960년대에 옮겨놓은 것으로 추정되는 초석과 기와 조각, 완전히 부식돼 형체만 남은 쇠 종 정도만 있을 뿐 문화재임을 강조하는 안내판이나 안내문은 어디에도 없었다. 유명세를 타서인지 탐방객들은 너도나도 한 번씩 법흥사지 초석 위에 앉아서 사진도 찍고 분란이 됐던 얘기들로 꽃을 피우고 있었다.

아픈 역사의 현장

한편 청와대 뒤쪽에 자리한 북악산은 1968년 북한 무장간첩들의 청와대 기습 사건인 이른바 '1·21사태'를 겪은 후 폐쇄됐다. 2000년대 들어 일부 구간이 개방됐고, 문재인 정부를 거치며 전면 개방됐다.

1·21사태는 1968년 1월 21일에 북한 124군 부대 소속 무장군인 31명이 청와대를 기습하여 박정희 대통령을 제거하려다 미수에 그친 사건으로 당시 유일하게 생포된 김신조의 이름을 따 '김신조 사건'으로도 불린다. 1968년 1월 17일 밤 휴전선을 넘은 북한 무장군인들은 21일 밤 9시 30분께 서울 종로구 청운동 세검정 부근, 청와대 앞 500m까지 진출했다. 하지만 창의문 근처에 있던 경찰의 불심검문에 불응하면서 총격전이 벌어졌다. 이들을 잡기 위해 비상 경계태세가 내려졌고 군경합동 소탕 작전을 통해 31명 중 28명이 사살됐다. 2명은 북으로 도주했다. 생포된 1명이 김신조다. 2020년 개방된 북악산 북편에 15발 총탄 흔적이 남은 1·21사태 소나무가 있다.

아기자기한 숨은 속살을 보며

계속해서 가파른 테크를 오르다 보니 숨도 차고 힘도 들었지만 봄을 맞이하는 비경을 찾아 부지런히 사진과 영상을 촬영하면서 올라갔다.

개방된 지 불과 채 며칠도 지나지 않았는데, 54년간의 숨은 시간을 찾기 위해 많은 시민의 발걸음이 이어졌다. 북악산 일부가 개방되었는데도 이렇게 관심이 많은데, 청와대가 전면개방이 되면 반드시 다시 오겠다는 시민들이 대다수였다.

중간중간의 테크에서 내려다본 서울 시내의 전경은 약간의 운무와 함께 아스라이 시야에 들어왔다. 특히 잠실 롯데월드타워 123층 건물이 한눈에 들어왔다. 얼마를 더 오르다 보니 남측개방로 5번 출입문이 보이고 뒤이어 청운대 휴게소가 나타났다.

청운대 전망대에서

청운대에 도착해 잠시 땀을 식히고 주위 전경을 관망하였다. 청운대는 해발 293m의 자그마한 표지석이 세워져 있었다. 청운대에서 내려다본 서울 시내의 탁 트인 전경이 한눈에 들어오니 가슴속까지 후련했다. 휴게소에서 잠시 숨 고르기를 한 후, 바로 옆에 있는 청운대 전망대에 올라 북악산 뒤편을 바라보니 참으로 멋진 정경이 표출됐다.

서울시 북쪽 외곽에 병풍을 두른 듯이 솟아 있는 북한산 줄기가 한눈에 들어오고 절기가 절기인 만큼 아직은 옷을 갈아입지 않은 삼각산이 아스라한 운무 속에 그 모습을 드러내고 있었다.

삼각산의 유래는 산의 최고봉인 백운대, 인수봉, 만경대(국망봉)의 높은 세 봉우리가 뿔처럼 높이 서 있어서 붙여진 이름이다.

그 외에도 족두리봉, 사모바위, 가까이는 구기동과 평창동이 보이고 조금 멀리 세검정 삼거리, 그리고 상명대학교 교정이 아스라이 보인다. 능선 밑으로 진흥왕 순수비가 있다고 얘기하던 탐방객은 김신조 일당의 침투 때 총격전으로 총탄 자국이 생긴 소나무와 바위가 있음을 알려주었다.

청운대에서 잠시 숨 고르기를 하고 마지막 목표인 북악산北岳山으로 향했다. 북악산은 높이 342m의 화강암으로 이루어진 서울의 주산主山이다. 서쪽의 인왕산(仁王山, 338m), 남쪽의 남산(南山, 262m), 동쪽의 낙산(駱山, 125m)과 함께 서울의 사산四山 중 하나로, 북쪽의 산으로 일컬어졌다.

북악산北岳山은 남산南山에 대칭 하여 북악이라 칭했다. 조선 시대까지 백악산白岳山, 면악산面岳山, 공극산拱極山, 북악산北岳山 등으로 불렸고, 특히 조선 시대에는 주로 백악 또는 백악산으로 불렸으며 일부 북악이라고도 불렀다.

탐방을 마치고

탐방을 마치고 가파른 데크를 내려오는 길은 다리에 힘도 빠지고 어지간히 지쳤다. 저녁 약속 시각에 맞추느라 부지런히 내려와야 했다.

드디어 삼청 탐방안내소에 도착해 출입증을 반납하고 삼청동 주민센터까지 걸어서 내려왔다. 그곳에서부터 지하철역까지 걷기에는 다소 먼 거리로 그냥 걸어 내려오기는 엄두가 나지를 않았다. 삼청동에서 서울역까지 운행하는 11번 마을버스를 타고 광화문에 내렸다.

11번 마을버스는 경복궁역에도 서지만 세종문화회관에서도 정차하기에 우리는 세종문화회관에서 내려 지하철 5호선을 타고 약속장소로 향했다.

우연히 어린 시절 친구와 함께 경복궁을 구경하러 왔다가 호기심에 찾았던 북악산 남측탐방로. 역사의 현장에서 무르익어 가는 봄을 만끽하고 내려온 오늘은 어쩌면 우리에겐 행운인지도 모르겠다. 날씨조차 포근하고 바람도 없이 햇살이 고와 우리들의 발걸음을 축복해 주었다.

태백산 눈꽃 산행

— 삶은 선물이다

갑진년甲辰年 새해 첫날, 태백산 눈꽃 산행을 하기로 약속했다.

사실은 매년 새해 첫날 태백산을 빠짐없이 다녔다. 한겨울 가장 추운 날이었기에 조금은 용기가 필요했다. 그나마 청춘의 피가 조금 남아있을 때는 대수롭지 않게 생각하기 일쑤였다.

"눈길이 미끄러울 텐데, 아이젠을 차고 푹푹 빠지는 산비탈 길을 오르는 것만으로도 적잖은 에너지 소비와 체력을 필요로 하는 태백산에 고희를 넘긴 나이에 또 가야 하나?" 사실, 마음속에서는 갈등의 고뇌가 이어진다. 사실, 한창때에는 전혀 이런 일로 고뇌하거나 갈등한 적이 없었기 때문이다.

그렇게 새해가 코앞으로 다가왔다. 연말연시의 다소 들뜬 분위기와 50여 년 만에 고등학교 동창들, 그것도 한동네에서 살면서 학교에 같이 다니던 친구와 우연히 연락되어 연말이 무르익어 가는 12월 29일 만났다. 인사동 근사한 한정식집 2층 통유리창으로 하염없이 내리는 눈을 바라보며 이야기꽃을 피우다 보니 시간은 금세 지나가고 기왕 내친김에 가까이 있는 창덕궁과 창경궁을 함께 걸어보기로 했다.

함박눈이 펄펄 날리는 고궁의 풍경은 참으로 멋스럽고 고즈넉했다. 낙선재 옆 마당에서는 동남아 쪽 외국인 가족들이 눈을 굴리며 즐거

위했다. 아마도 눈이 내리지 않는 곳에 사는 그들에게 함박눈은 참으로 낯설지만 신기하고 좋아 보였나 보다. 꼬마 자녀들이 신이 나서 눈을 굴리고 장난치며 뛰어다닌다.

그칠 줄 모르는 함박눈을 맞으며 창덕궁과 창경궁을 돌아다니다 보니 마치 어린 시절로 돌아간 듯 동심이 발동했다.

그리고 태백산 가는 날 아침. 다소 심란해하는 나를 등 떠민 것은 아내였다. "여보, 더 나이가 들면 못가. 그러니 조금이라도 젊을 때, 좋은 친구들과 함께 다녀오세요"

배낭 메고 나선 아침. 쌀쌀하긴 하지만 겨울 날씨치고는 온화하다는 느낌을 받으며 지하철역으로 가다가 "아차!" 두고 온 스틱을 가지러 집으로 달려갔다. 이래저래 아침부터 부산을 떨며 출발했는데, 오금 지하철역을 코앞에 두고 크게 넘어지고 말았다. 전날 내린 눈이 살짝 어는 바람에 살짝 비탈진 인도에서 순식간에 미끄러지면서 엉덩방아를 찧었다. 오른쪽 팔꿈치 부분이 까져 피가 나고 엉덩이가 얼얼하고 아팠다. 갈등이 생겼다. "이 상태로 태백산을 오를 수 있을까?" 갸우뚱하면서도 이미 마음은 태백산으로 줄달음치고 있었다.

유일사 주차장에 도착했다. 겨울 산 등반 채비를 마치고 눈 덮인 비탈진 산길을 오르기 시작했다. 의외로 바람도 자고 기온도 온화하여 등산하기 딱 좋은 환경을 만들어 주었다.

하늘은 찌뿌둥했으나 가끔 파란 하늘도 나타났다. 기름 안 친 바퀴를 굴리듯 꾸역꾸역 다리를 움직이기 시작하니 어느새 등에서 후끈한 느낌이 올라왔다. 전날 내린 눈이 그대로 나무에 얼어붙어 포근한 눈꽃으로 피어난 태백산. 굽이굽이 두 팔 벌려 환영하듯 천년 주목이 우리의 가는 길에 흰색 주단을 깔아 환영해 주었다. 환상적인 눈꽃 산행을 이어가는 마음은 즐거움으로 가득했다.

　매년 태백산에 오른 경험이 있지만 이렇게 멋진 설화雪花를 보기는 이번이 처음인 듯했다. 세월에 등 떠밀린 육체는 한계점을 향해 질주하는데, 마음은 눈꽃을 따라 훨훨 날아가고 있었다. 하나라도 놓칠세라 연신 카메라 셔터를 눌러댔다. 사진도 찍고 영상도 촬영하면서 손 시린 줄도 모른 채, 오르고 또 올랐다. 오르는 도중 시장기가 돌자, 눈꽃 속에 파묻혀 컵라면을 꺼내 약간은 식어버린 보온병의 온수를 꺼내 부었더니 그야말로 꼬들꼬들 표 라면이 탄생했다. 하지만 세상에서 가장 맛있는 라면의 맛이었다.

　장군봉이 불쑥 눈에 들어온다. 장군봉에서 탁 트인 시야를 따라 천제단 쪽을 바라보니 참으로 멋진 장관이 눈앞에 펼쳐졌다. 길게 뻗은 하얀 능선에는 아름다운 설화가 만발했고 눈꽃 사이로 한줄기 가느다란 오솔길이 펼쳐져 있었다. 천국으로 가는 길이 이러할까.

　그런데…

　태백산 정상에는 들머리와는 전혀 다른 환경이 기다리고 있었다. 기온은 뚝 떨어져 세차게 불어대는 칼바람에 온몸이 얼어붙었다. 얼어붙는 손가락을 달래가며 휴대폰을 꺼내 하나라도 놓칠세라 사진과 영상을 촬영했다. 손가락을 통해 전해진 냉기는 온몸으로 엄습하여 움츠러들게 했다. 늘 인생이 그러하듯 고통이 없는 행복을 말할 수 있을까? 분명한 대가를 지불해야 상응하는 즐거움도 소유할 수 있다는 생각을 하지 않을 수가 없었다.

그 멋진 설화雪花, 그리고 태백산 정상의 풍경들은 이 순간 하늘이 나에게 준 최상의 선물이라고 할까? 나이를 탓하고 세월을 원망하며 태백산 등반을 포기했더라면, 인도에서 넘어져 아프다는 핑계로 포기했더라면, 이 멋진 세상을 보지 못했겠지. 역시 행복은 저절로 오는 게 아닌가 보다. 늘 행복을 찾아 노력하는 자에게 더불어 주는 축복 같은 것이겠지.

황혼이 나뭇가지 끝에 매달릴 때쯤 종종걸음으로 내려와 피곤한 몸을 이끌고 그 유명하다는 태백한우를 먹고 나니 긴장이 다소 풀렸다. 그렇게 태백산 눈꽃 산행을 마치고 이슥한 한밤에 집에 도착해 간단한 샤워를 마치고 잠 속으로 빨려 들어갔다. 오늘 밤에는 태백산 정상에서 본 눈꽃 세상을 만끽하며 행복해하는 꿈을 꾸지 않을까?

대모산 가을 산행

대모산, 1년 전만 해도 월 1~2회는 반드시 오르던 우리 동네 산이다. 세상일에 정신 팔려 까마득히 잊고 살다가 2024년 10월 27일 고교 동창들과 함께 다시 찾았다.

오랜만에 찾은 대모산은 등산로 초입의 진입 구간이 공사로 인해 바뀌고 한 구비 올라서니 완만한 산길 초입에 맨발 걷기 구간이 생겨났다.

대모산은 본래 해발 291.6m로 경사가 원만하고 속살이 부드러워 예전에도 가끔 신발을 벗어들고 맨발로 걷던 생각이 났다. 맨발 걷기 구간은 누군가 잘 착상한 좋은 생각이다.

모처럼 몇몇 고등학교 동기들이 대모산 등산을 한다기에 합류했는데, 시간이 서로 엇갈려 수서역을 들머리로 먼저 도착한 내가 산을 타기 시작했다.

그들을 기다리기 위해 중간 쉼터 간이 의자에 앉아 잠시 휴식을 취하고 있는데, 연세 지긋한 세 분이 내 옆자리로 합석했다. 보온병을 꺼내 커피믹스를 타서 한 잔씩 마시면서 옆에 앉아있는 나에게도 한 잔을 권한다. 무거운 보온물통 지고 올라온 수고를 헤아리니 받기가 좀 그렇긴 한데, 성의를 저버린다고 오해할까 받아들였다. 종이컵에서 전해지는 따스한 온기가 커피의 달콤함보다 더 마음을 덥혀준다. 가을이 뚝뚝 떨어지는 호젓한 산중에 달달하고 따끈한 커피 한 잔은 호사 중의 호사다.

사람은 더불어 온기를 전하면서 산다는 게 얼마나 중요한가?

그들은 배낭에서 주섬주섬, 부스럭거리면서 각자 먹거리를 꺼내 펼쳐 놓았다. 눈치 없이 앉아있는 것이 불편할 즈음에 슬쩍 옆 테블로 옮겼다.

얼마 후, 우리 일행이 합류했다. 고등학교 졸업 후 처음 보는 얼굴도 있었다. 주간반에서 3학년 때, 왔다는 '최종오'라는 친구도 있었다. 동철이도 처음 마주했다. 뒤돌아보니 세월이 참으로 많이 흘러갔다. 차곡차곡 쌓인 세월이 고교 얄개들의 모습을 사정없이 바꾸어 놓았다. 깊게 팬 주름, 바람에 나부끼는 흰 머리카락, 구부정한 어깨, 하회탈처럼 웃어주는 너털웃음. 곱게 물든 단풍잎처럼 무르익은 친구들의 모습이 후드득 떨어지는 낙엽 비처럼 반짝인다.

가쁜 숨 몰아쉬며 대모산 정상에 도착했다. 300고지도 안 되는 산 정상에서 깊은숨 고르기를 하고 적당한 장소에 자리를 펴고 주섬주섬 준비해 온 음식을 꺼내놓는다. 반주까지 곁들인 제법 근사한 먹거리 풍경이 펼쳐졌다.

주거니 받거니 하는 술잔에 새파랗게 젊은 시절의 아름다운(?) 추억이 줄줄이 소환된다. 누군가 그 시절의 사진을 펼치자, 지금의 아이돌보다 더 핸섬한 모습의 친구가 나타난다. 친구는 당시 명동의 유명한 음악다방 DJ를 했단다. 젊고 예쁜 처자들이 그 친구를 보기 위해 안달했다는 말이 허언은 아닌 듯하다. 통금이 있던 시절에 걸헌팅을 한답시고 좌충우돌하던 드라마틱한 사건의 전개는 듣는 우리로 하여금 실소를 금치 못하게 한다.

무르익어 가는 가을의 끝자락에 대모산 정상에서 마시던 술맛과 추억의 소환은 굽이굽이 넘어가는 칠십 대의 우리 얘기였다.

나는 2000년대 초반에 개포동에서 근무(14년)하던 시절, 점심시간에 부리나케 오르내리던 대모산의 모습도 많이 바뀌고 있었다. 곳곳에 둘레길 데크가 설치되고 있었다. 인간의 편리함도 중요하지만 파헤쳐 몸살을 앓고 있는 자연의 모습을 보면서 왠지 모르게 알싸하고 허전한 느낌이 드는 것은 무엇일까?

불국사 사찰을 지나 일원동 쪽으로 하산하기 시작했다. 대모산에 '불국사'라는 사찰이 있다는 것을 모르는 사람도 꽤 있을 것이다. 그런데, 분명히 대모산 중턱 위에 '불국사'라는 사찰이 있다.

사찰을 지나 일원동 쪽으로 내려온 후, 맛집을 찾아 다시 수서역 근처 궁 마을까지 걸었다. K 동기생이 잘 안다는 그 집에 도착했을 때는 어느덧 2만 4천 보를 훌쩍 넘기고 있었다. 산길을 걸어 2만 보를 넘기다 보니 어느새 다리도 아프고 피로가 덕지덕지 몸을 휘감았다.

맛깔나고 걸쭉한 남도 음식에 14% 막걸리는 처음 마셔보는데, "커! 독하다!"

내가 최전방에서 빡빡 기며 군 생활을 하고 있을 때, 친구들 각자의 세상 사는 이야기는 듣고 있는 나로 하여금 정말 생소하게 느껴졌다. 묵은지에 삭힌 홍어와 돼지고기 수육을 얹어 한입 가득 넣고 우걱이는 입안 가득 가을 향이 피어올랐다.

가을의 끝자락에서 나의 고교 친구들과 함께한 대모산 가을 산행은 무척 즐거웠다. 소슬한 바람이 불 때마다 우수수 떨어지는 낙엽을 보면서 인생을 뒤돌아보고, 청명한 가을 하늘에 느릿느릿 흐르는 구름을 보면서 내가 살아 숨 쉬는 순간순간이 소중함을 느꼈던 아름다운 시간이었다. 탁배기 한 사발을 들이대고 건배를 목청껏 외치던 주름 가득한 내 친구들과 함께했던 시간. 어느 날, 문득 빛바랜 사진첩에서 꺼내 볼 수 있는 아름답고 소중한 추억으로 남았다. 끝.

창경궁 춘당지의 가을

창경궁의 가을은 고요하다. 아침 햇살이 낮은 담장을 넘어올 때, 붉은 단풍잎이 하나둘 바람에 흩날린다. 그 잎사귀가 비단처럼 떨어져 내리는 돌계단 위에서, 세월은 아주 느린 걸음으로 흐른다.

홍화문을 지나 은은한 향내가 감도는 정원으로 들어서면, 굵은 가지 사이로 스며드는 햇살이 금빛으로 부서지고, 그 빛의 파편이 마치 옛 기억처럼 내 눈앞에서 반짝인다.

창경궁의 가을은 화려하지 않다.

그러나 그 절제된 아름다움 속에는 긴 세월을 견뎌온 품격이 있다. 담장에 깃든 이끼조차도 세월의 무게를 품은 듯 고요하고, 기와지붕 아래로 떨어지는 햇살은 마치 오래된 시 한 구절처럼 따스하다.

고궁의 담장은 오래된 숨결을 품고 있다. 붉은 단풍잎이 한 장씩 떨어지며 고요한 돌길 위로 내려앉는다. 발걸음을 옮길 때마다 사그락거리는 낙엽 소리가 귓가에 번진다. 그 소리는 마치 시간의 결을 따라 흐르는 옛 노래 같다.

창경궁의 가을을 보기 위해 찾은 아이들이 낡은 기왓장 밑에서 선생님의 역사 이야기에 귀를 쫑긋 세우고 눈동자를 반짝인다. 수를 알 수 없는 외국인들이 고궁의 멋스러움에 사진기를 연신 들이대며 관심을 보인다. 한복을 곱게 차려입은 아낙들의 환한 미소가 고궁의 가을에 흠뻑 젖어있다.

나는 잠시 멈춰 서서 눈을 감는다. 바람 사이로 흩어지는 은행잎 냄새, 기왓장에 부딪히는 햇살의 온기, 그리고 멀리서 들려오는 새소리. 모든 것이 정지된 듯하지만, 그 속에는 느리게 흐르는 생명이 있다.

춘당지 주변은 이미 노란 물결로 가득하다. 수면 위로 떨어진 단풍잎이 잔잔히 떠다니며, 바람에 흔들릴 때마다 금빛 파도가 인다. 고요한 물결에 하늘빛이 비치고, 그 위로 단풍나무의 붉은 그림자가 일렁인다. 세상은 그저 말없이 아름답다.

나는 춘당지 둘레길 오래된 벤치에 앉아 잠시 숨을 고른다. 바람이 머리카락을 스치고, 그 속에서 은근한 낙엽 냄새가 난다. 문득, 오래전 이곳을 거닐던 누군가의 마음도 이랬을까 생각한다. 아마도 그들도 이 고요한 아름다움 앞에서 잠시 세상을 잊었을 것이다. 잠시 시상詩想을 가다듬고 풍경 속으로 흐르는 시 한 줄을 건져내고 있다.

춘당지 호수를 가로지르는 청둥오리 한 쌍이 춤추듯 물살을 가른다. 긴 포물선을 그리며 쌩쌩이처럼 달리다가 우아하게 고갯짓을 하면서 춤을 춘다. 호수에 긴 파문이 일고 일렁이는 물결 위에 가을이 소담하게 내려앉았다.

춘당지의 가을

운해 김종억시인

노란빛, 붉은색 다섯 손가락 아기단풍
빙글빙글 돌면서 파르르 떨어지면

춘당지 잔잔한 파문이
두 팔 벌려 입맞춤하니
아기단풍 물결 따라 노 저어간다

익어가는 가을,
물속에 잠긴 뭉게구름 평화로이 노닐고
도토리 한 알 툭 떨어지니
창경궁의 가을이 깊어간다.

세월 익어가는 소리
내 가슴에도 빨간 단풍 하나 물들었다.

가을의 창경궁은, 시간을 멈추게 한다. 소란한 마음이 잦아들고, 모든 소리가 잔잔한 빛으로 변하는 곳. 그곳에서 나는 비로소 알게 된다. 아름다움이란, 절대 요란하지 않아도 된다는 것을. 역사의 흔적은 낡았지만, 그 안의 숨결은 여전히 따뜻하다. 그곳에 서 있으면, 아주 오래전 누군가의 발자취가 내 발끝에 스며드는 듯한 기분이 든다. 아마 그들도 나처럼 이 가을빛을 바라보며 어떤 삶을 생각했을지도 모르겠다.

(2025.11.1. 운해 김종억 글) 끝.

다시 가고 싶은 교동도 문학기행

　우연한 기회에 '뿌리춘추문학회' 회원들과 강화도 문학기행을 가게 되었다. 사실, '뿌리춘추문학회' 회원과는 일면식도 없었는데, '뿌리춘추문학회' 회장님을 알게 된 계기로 우연히 초대를 받아 2025.4.25(금) 오전 9시에 인천 주안역 남 광장에서 만나 출발하기로 했다. 그날은 내가 돌봐드리는 어르신에게 사전 양해를 구하고 모처럼 어렵사리 하루를 허락받아 문학기행에 동참하게 되었다.

　당일 일찌감치 집에서 출발 주안역 남 광장에 도착해서 '뿌리춘추문학회' 회원들과 첫 대면과 함께 인사를 나누었다. 그리고 곧바로 강화도를 향해 달렸는데, 사실 난 문학기행 장소가 정확히 어디인지도 모른 채 합류하여 출발하게 되었다.

　계획보다 조금 늦은 시간에 출발한 관계로 원래 계획했던 곳이 아닌 강화도 교동으로 가기로 합의가 되었음을 이동하는 차 안에서 알게 되었다.

　강화도는 여러 번 간 기억이 나는데, 특히 마니산을 비롯해서 고려산 진달래 축제 때에도 매년 빠짐없이 갔다. 자전거 여행을 즐기던 나는 동호인들과 함께 서울에서 출발하여 장장 열아홉 시간을 달려 강화도를 다녀왔던 기억이 생생하다. 상상 이상의 고행길을 멋도 모르고 달리던 그 시간이 아직도 뇌리에 생생하다. 그 이후, 또다시 자전거를 타고 석모도까지 갔던 기억이 난다. 당시에는 석모 대교가 개통되지 않은 상태라 뱃전에서 갈매기를 유혹하기 위해 새우깡을 던져주는데, 갈매기가 얼마가 극성스럽고 사나운지 손가락을 물릴 뻔했던 기억도 있었다.

오늘 들어가는 교동도는 말로만 여러 번 들었지 가보지는 못해 나름 호기심이 발동했다. 온 산과 들에는 초록이 만발하고 산자락 끝에 걸린 아스라한 안개가 호젓하다.

교동도를 향하여

교동도喬桐島는 인천광역시 강화군 교동면에 속한 서해의 섬이다. 2014년 완공된 교동대교를 통해 강화도와 연결되어 있으며, 민간인 출입통제구역이기는 하나 누구나 자유롭게 왕래할 수 있었다. 한국전쟁 당시 3만여 명의 삼팔선 이북 주민들이 배를 타고 피난하였고 지금도 1백여 명이 교동도 중심지인 대룡시장 인근에 살고 있다. 전쟁 이후 휴전선과 닿아있는 접경지로서 민간인 출입통제구역이 되었고 해병대 제2사단이 경계를 담당하고 있다.

「민간인 출입통제구역」이라고 해서 다소 살벌한 것은 아닌지 우려를 했지만, 운전자의 주민등록만 확인하고 통과시켜주었다. 신나게 달리다 보니 대룡시장 입구에 도착했다. 이곳에서 점심을 먹기로 하고 음식점으로 들어갔다. 이곳 음식점 점주 대부분 피난민이라고 들었는데, 역시 후한 인심에 마음이 따뜻해졌다. 식사를 마치고 곧바로 대룡시장 견학을 하기로 했다.

대룡시장

대룡시장은 교동도의 대표적인 명소이다. 옛 정취 가득한 골목과 간판, 그리고 한국전쟁 이후 피난민들이 형성한 시장 풍경이 독특하게 남아있다. 각종 군것질거리, 카페, 기념품 상점 등 볼거리가 많다.

대룡시장이 교동도를 대표하는 관광명소가 된 건 2014년, 교동대교가 개통된 이후 TV 프로그램 〈1박2일〉,〈알쓸신잡〉 등의 촬영지로 소개되면서부터이다. 과거에 시간이 멎어 있는 듯한 대룡시장의 레트로한 모습은 관광객들의 발걸음을 사로잡기 충분했다. 여러 번 덧칠된 낡은 간판만 해도 그렇다. 마치 1960년대를 배경으로 한 거대한 영화 세트장 같다. 군데군데 그려진 정겨운 벽화와 시간이 쌓인 오래된 건물들도 다분히 복고풍이다.

대룡시장은 6·25 때 황해도 연백군에서 교동도로 잠시 피난 온 주민들이 한강하구가 분단선이 되어 고향에 다시 돌아갈 수 없게 되자 생계를 유지하기 위해 고향에 있는 연백시장의 모습을 재현한 골목 시장이다. 50여 년간 교동도 경제발전의 중심지였으며 지금은 시장을 만든 실향민 어르신 대부분이 돌아가시고 인구가 급격히 줄어들면서 시장의 규모도 상당히 줄었다. 그러나 2014년 7월 교동대교 개통과 함께 1960년대 영화세트장 같은 모습의 대룡시장을 카메라에 담기 위한 관광객들의 필수코스가 되었다. 1박 2일 방영으로 유명해진 교동도 교동이발관은 현재, 사장님은 안 계시고 자녀들이 대신 음식점을 운영하고 있었다. 이발소 운영은 하지 않지만, 일부 미용기구들은 그대로 보관된 상태로 있었다.

'춘추뿌리 문학회' 회원들(6인)은 이른 점심을 먹고 대룡시장을 차분하게 둘러보고 서둘러 화개정원과 화개산 전망대를 둘러보기 위해 걸음을 재촉했다.

화개정원

화개정원은 교동도의 자연 속에서 산책하며 사색할 수 있는 아름다운 정원이자 소규모 쉼터이다. 이름처럼 화려하진 않지만, 잔잔한 꽃길과 나무 그늘이 조화를 이루는 정원형 공원이다. 조용한 분위기 속에서 천천히 걷거나 벤치에 앉아 바람 소리를 들으며 쉴 수 있어 좋다. 봄에는 야생화가 피어나고 여름에는 녹음이 우거져 계절마다 다른 감성을 느낄 수 있는 장소이다.

화개정원은 약 18만 가지의 다양한 꽃들과 나무들로 이루어져 있는데, 강화군민이 기증한 수목들과 전국 각지에 있는 기증자들로부터 받은 수목으로 기증 수목원을 정성스레 가꾸었다는데 큰 의미가 있다고 한다.

물의 정원, 역사 문화의 정원, 추억의 정원, 평화의 정원, 치유의 정원. 이렇게 5개의 테마로 이뤄진 정원을 차례로 조성하였고 교동도의 역사와 자연을 담은 정원이라는 의미가 내재되어 있다.

우리들은 입구에 설치되 화개정원 간판 앞에서 단체 사진을 촬영하면서 천천히 공원을 돌아보기 시작했다.

연산군 유배지

쉬엄쉬엄 구경하면서 올라가 보니 연산군유배지(위리안치)라는 표지석이 나타난다. 교동에 유배된 연산군(재위 1494~1506)은 성종의 장자이자 폐비 윤 씨의 아들이다. 1483년(성종14) 세자에 책봉되었고, 계모 정현왕후의 아들로 성장하였다.

연산군은 즉위 초, 국방에 주력하였을 뿐 아니라 빈민을 돕고 「국조보감」, 「여지승람」을 완성하는 등 다수의 업적을 이루었다. 즉위 이

듬해부터 어머니 폐비 윤 씨를 왕후로 복권시키는 일을 추진하였으나 '사후 백 년간 폐비 윤씨 문제는 논외에 부친다.'라는 선왕의 유언을 이유를 들어 폐비 복권이 반대되자 감정이 악화한 연산은 사림파의 제거를 추진하게 된다.

비운의 왕 연산은 조선의 제10대 임금으로 재위 12년 동안 무오사화, 갑자사화 등 수많은 옥사를 일으켜 많은 사류를 잔인한 방법으로 참극을 벌였던 임금이다. 연산군은 강화도 교동으로 유배되어 두 달 만에 병으로 세상을 떴다.

문인들은 역사의 교훈을 마음속으로 되새기며, 돌아가면서 마당에 설치된 곤장 체험을 하였다. 지나간 역사의 교훈 속에 현재 우리의 삶을 잘 가꾸어나가야겠다는 생각을 해본다.

화개산 전망대

이후, 화개산 전망대를 오르기 위해 화개산 정상으로 연결된 모노레일을 타고 오르기 시작했다. 약간의 운무가 끼어있는 날씨였지만, 한강하구와 서해까지 북한 땅인 연백평야와 예성강 그리고 석모도를 비롯한 여러 섬은 굉장히 멋졌던 경치였다. 이곳에 와보니 강화도는 북한과 굉장히 밀접해 있는 지역이라는 것을 깨닫게 되었다.

화개산 전망대는 해발 250m 상공에 있으며, 전망대에서부터 약 7km가 떨어져 있는 북한 황해도 연백 평야를 한눈에 조망할 수 있다.

이렇게 250m 상공인 전망대에 무사히 잘 도착했다. 북한까지 거리는 불과 2.3 km밖에 되지 않아 저수지가 아닌 평지였다면 걸어서도 금방 도착할 수 있는 거리이다.

화개산 전망대는 인천 강화군을 상징하는 새인 저어새에 착안하여 디자인되었고, 새의 부리와 눈이 북한을 향하고 있어서 엎어지면 코 닿을 거리이지만 「전쟁이 끝나지 않은 아픈 역사와 북한을 향한 비상」 이라는 모티브를 담고 있다고 한다.

바닥이 투명한 통유리로 되어있기에 고소공포증을 가진 사람은 걷기에 오금이 저릴 정도로 아찔한 스카이워크로 이어졌다. 바람이 제법 심하게 부는 화개산 전망대에 올라 북한 쪽을 조망하며 잠시 깊은 생각에 잠겼다. 북한 쪽을 배경으로 단체 사진을 촬영한 후, 모노레일을 타고 다시 내려왔다.

어느덧 교동도 견학을 마쳤지만, 사실 교동도 곳곳을 모두 볼 수는 없었다. 시간에 쫓기어 인천을 향하여 차량은 쏜살같이 달렸다. 이왕 늦은 김에 인천에서 저녁까지 먹고 헤어지는 발걸음은 비록 피곤하였지만 그래도 의미 있는 하루였음을 고백하지 않을 수 없었다.

초면임에도 불구하고 함께 했던 '뿌리춘추문학회' 회원님들과 회장님께 진심으로 감사하다는 생각을 하면서 돌아오는 지하철에서 많은 대화를 남긴 고마운 하루였다. 끝.

※ 국조보감[國朝寶鑑] : 조선시대 직접 왕들의 행실 중 후대에 모범이 될 만한 사실만 을 추려 모아 편찬한 편년체의 역사책.
※ 여지승람[輿地勝覽] : 조선시대, 성종의 명에 따라 노사신 등이 조선 각 도의 지리, 풍속 등을 적은 책.

2. 일상의 조각들

11월의 단상

차가운 바람이 스며드는 11월, 가을과 겨울 사이 어스름 속에서 나는 잠시 멈춰 서서 흐르는 시간을 느낀다. 나무들은 하나둘씩 잎을 떨구고, 그 자리에 쓸쓸함이 내려앉았다. 낙엽이 바람에 흩날리며 만드는 소리에는 세월의 속삭임이 담겨 있다. 이 계절은 문학인으로서 언제나 마음 한구석을 조용히 흔드는 묘한 감성이 있다.

을사년 한 해가 시작 된지 엊그제 같은데, 눈 깜짝할 사이에 지나가 버리고 한 해를 마무리하는 끝자락에 서있다. 하루하루가 그저 평범할 것 같은 나이임에도 쉴 새 없이 다가오는 삶의 숙제들 앞에서 헐떡이던 지난여름을 생각해 본다.

고희를 넘긴 나이에 이제는 제법 삶의 여유를 즐기며 살아야 함에도 무엇이 그리도 나를 바쁘게 했던 것일까?

아침에는 당구클럽으로, 오후에는 어르신 돌보는 현장으로, 그리고 저녁에는 시와 수필을 건져내는 창작의 혼을 불사르며 시간을 보냈다. 유난히 길고 무더웠던 그 시간 속에서 나만의 틀에 갇혀 정신없이 보낸 시간이었다.

초보 당구 실력으로 시작한 나에게 선물처럼 다가온 심판자격증과 심판수행을 거쳐 디렉터라는 막중한 임무를 수행하는 행운도 주어졌다. 초보 디렉터 임무를 수행한 지 2년의 세월을 보냈다.

그 연장 선상에서 엊그제는 서울시 당구연맹에서 주관한 디렉터들만의 친교의 시간을 가졌다. 한 해를 마무리하고 그 수고를 격려하며 30여 명의 디렉터들이 연맹 운영진과 함께 포켓볼 친선경기를 했다. 추첨을 통해서 자그마한 선물과 함께 저녁에는 만찬을 곁들였다.

사실 '디렉터' 2년 차 임무 수행을 하고 있는 나로서는 디렉터라는 자리가 만만한 자리가 아님을 실감하고 있었다. 그래도 1년 차 때, 허둥거리던 것보다는 한층 성숙한 자세로 올 한 해를 보냈으니 이보다 더 감사할 일이 있으랴!

한 해를 마무리하는 11월을 보내면서 지난 시간을 뒤돌아보니 이 또한 내 삶의 아름다운 일부였다는 자부심이 들었다.

작년 말(2024년)에 문학평론가로 등단한 나에게 올 10월에 일면식도 없는 어떤 시인의 시집 평론을 해 달라는 주문이 들어왔다. 명실공히 문학평론가로서 첫발을 내딛는 순간이기도 했다. 물론 내 나름대로 작품에 대한 평론을 끊임없이 습작을 해보긴 했어도 이렇게 정식으로 부탁을 받은 것은 처음이다. 그렇게 몇 날 며칠을 열과 성을 다해서 작품에 몰입했다. 그리고 완성된 작품을 제출하고 며칠 후, 협회 이사장으로부터 아낌없는 칭찬을 들었다. 초보 평론가라 작품을 주면서도 우려를 많이 했는데, 생각 이상으로 잘했다는 격려의 말을 듣고 보니 은근히 자신감도 올라왔다. 더욱이 해당 작품의 주인공이 궁금하던 차에 그에게서 전화가 왔다. 자신의 작품에 대한 최종 교정을 보면서 평론을 읽어보았는데, 마음에 무척 들었다고 한다. 언제고 시간이 되면 뵙기를 희망한다는 말과 함께. 그렇게 또 한 번의 멋진 고비를 넘기고 있었다.

11월 들어서면서 숙제처럼 주어진 여섯 번째 수필집 작업에도 손을 대기 시작했다. 평생 스무 권의 책을, 상업 출판하겠다는 나 자신과의 약속을 지키려는 최소한의 노력이다. 이제 시집과 수필집을 합해서 일곱 번째 작품을 만지작거리면서 전보다 훨씬 성숙한 작품을 만들어야 한다는 사명감에 불타있다.

끊임없이 노력하는 자신에게 반대급부로 주어진 삶의 모습이 이제는 낯설지는 않지만, 문득 이렇게 바쁘게 살아가는 것이 맞는 것인지 문득 뒤돌아보게 된다. 젊은 시절, 직장생활 할 때보다 더 바쁘게 보내는 요즘이다.

바쁘게 돌아가는 하루 속에서 문득 멈춰 서면, 별것 아닌 작은 순간들이 소중하게 느껴질 때가 있다. 하루의 일과를 마치고 들어간 잠자리에서의 따뜻한 온기, 아침에 눈을 뜨면 아파트 베란다 창밖에서 들려오는 소란한 참새들의 합창, 햇살 한 줌이 방 안 가득 스며드는 그 순간들. 이 모든 게 특별한 일이 아니지만, 이토록 작은 것들이 나의 삶을 빛나게 한다는 사실에 새삼 감사해진다.

인생의 향기

바람결에 실려 온 그윽한 향기,
아득한 기억 속 꽃내음처럼 피어나네

젊은 날의 불꽃처럼 타오르던 열정,
햇살 아래 반짝이는 이슬방울처럼 맑았지

때론 쓸쓸한 비 내리는 오후,

촉촉이 젖은 땅 내음에 위로받던 날들
그 향기마저 인생의 한 조각 되네

세월이 흘러 잎새가 바람에 스칠 때마다
깊고 짙어진 나무의 향처럼
삶의 향기는 더욱 진해지고 무르익는구나!

바람 속에 숨은 추억과 꿈,
가슴 한켠에 남은 사랑의 잔향,
그 모든 것이 뒤섞여
나만의 향기로 피어난다..

인생의 향기는 눈에 보이지 않아도
마음에 오래도록 머무르는 은은한 빛깔
그래서 오늘도 나는 그 향기를 따라 걷는다.

　삶이 더욱 깊어질수록, 행복은 멀리 있지 않고 바로 내 안에 있음을 깨닫는다. 지나온 길을 온전히 받아들이고 지금, 이 순간을 사랑하는 마음. 그것이야말로 가장 소중한 선물인지 모른다. 해 질 녘 붉은 노을을 바라보며 깊은숨을 쉬는 그 순간, 바람 한 점에 실려 오는 나뭇잎의 속삭임은 큰 위로가 된다. 주름진 손을 맞잡고 가벼운 산책을 나서는 것, 오래된 친구와 나누는 잔잔한 대화. 이 모든 것이 거대한 풍경 속에서 빛나는 조각이 되어 마음을 따뜻하게 적신다.

(2025.11.11. 운해 글) 끝.

질곡의 시간을 건너 희망의 언덕으로

1. 태백산 신년산행

갑진년甲辰年 새해 첫날, 태백산 눈꽃 산행을 하기로 약속했다. 매년 1월 1일 태백산 눈꽃 산행은 연례행사처럼 치러왔다. 그런데, 칠순을 넘긴 나이가 되어보니 그조차도 망설여진다.

"눈길이 미끄러울 텐데, 아이젠을 차고 푹푹 빠지는 산비탈 길을 오르는 것만으로도 적잖은 에너지 소비와 체력을 필요로 하는 태백산에 고희를 넘긴 나이에 또 가야 하나?" 하는 안이한 생각을 하게 되었다.

사실, 마음속에서는 갈등의 고뇌가 이어진다. 한창때에는 전혀 이런 일로 고민하거나 갈등한 적이 없었기 때문이다. 용기를 북돋워 주는 아내의 응원으로 주저함을 뒤로하고 태백산을 향해 출발했다.

전날 내린 눈이 그대로 나무에 얼어붙어 포근한 눈꽃으로 피어난 태백산 주목이 굽이굽이 두 팔 벌려 환영해 주었다. 발목까지 푹푹 빠지는 백설白雪은 흰색 주단을 고이 깔아 우리가 가는 길을 밝혀주었다. 오지 않았으면 결코 볼 수 없는 환상적인 눈꽃 산행의 즐거움을 카메라에 차곡차곡 담았다. 겨울 산의 멋진 설화雪花, 태백산 정상의 풍경들은 이 순간 하늘이 나에게 내려준 최상의 선물이라고 할까?

인생이 늘 그러하듯 고통이 없는 행복을 말할 수 있을까? 분명한 대가를 지불해야 상응하는 즐거움도 소유할 수 있다는 생각은 태백산을 올 때마다 느끼던 감정이다.

천제단을 오르며 간절히 소원 하나 빌었다. "올 한 해는 제발 평온하게 살게 해주십사"… 과연 그 소원을 들어주었을까?

2. 이민호 어르신을 만나다.

『요양보호사』로 일한 지 6년, 이제는 좀 쉴 때가 된 듯하여 작년 말에 모든 것을 내려놓고 내 본연의 글쓰기 작가로 되돌아갔는데, 운명은 나를 편하게 내버려 두지를 않았다.

구순九旬을 지나 망백望百을 살아가는 어르신과 만남은 미처 봄의 문턱인 2024년 3월 중순이었다. 망백이란 아흔 살지나 백을 바라본다는 뜻으로, 아흔한 살을 이르는 말이다. 어르신을 돌봐드리던 요양보호사가 개인 사정으로 그만둔다는 얘기를 들었다. 어르신과 불과 5분 거리에 살고 있는 나는 칠순 잔치를 한 지 2년이나 지나 이제는 좀 편안하게 살아야겠다고 손을 놓고 제반 정리를 했다. 불과 3개월을 못 버티고 삶의 현장으로 끌려(?) 나왔다. 가톨릭 신앙을 가지고 계신 어르신 배우자분께서 아내에게 부탁했고 아내의 부탁을 거절하지 못한 나는 다시 일을 시작하게 되었다.

물론 예전에는 출, 퇴근 시간이 각각 1시간씩으로 2시간을 길에서 허비했는데, 어르신을 케어하게 되면 그런 시간은 절약할 수 있어 약간의 망설임 끝에 허락하고 말았다.

3. 당구심판에서 디렉터로

그 와중에 취미활동이라고 시작한 당구는 어느덧 내 일상의 중요한 일부분을 차지하게 되었고 옛말에 떡 본 김에 제사 지낸다고 내친 김에 2년 전에 심판 자격을 취득하였다. 심판 자격을 취득해서 무엇을 한다는 것보다는 그래도 이 나이에 도전과 성취의 기쁨을 조금이나마 누리고 싶었던 게 아닌가 싶다. 그리고 지금은 디렉터로 발탁되어 당구 시합의 전반적인 주관자로 행사를 진행하고 있다.

디렉터(Director)는 감독이라는 뜻이다. 아날로그 세대인 나에게 디지털 문화에 대한 두려움이 은연중 잔재하고 있으나 과감하게 나는 그 가운데로 뚜벅뚜벅 걸어가고 있었다. 아무것도 하지 않으면 아무 일도 일어나지 않는다. 그래서 '안 해도 좋았을 도전이란 없다'라는 말에 더욱 공감이 간다. 실패하든 성공하든 그 과정에서 배움이 있다. 설령 배움이 없다 하더라도 무슨 일이든 도전해 가는 그 과정, 그 여정旅情 자체가 삶의 본질이기 때문이다.

올해부터 서울시 디비전 리그 당구 시합에 한 리그를 맡아 디렉터 임무를 성실히 수행했다. 첫 경험, 누구나 살면서 첫 경험은 있게 마련이다. 디렉터로 첫 임무 수행을 앞두고 걱정이 되어 잠도 설쳤다. 그러나 세상은 혼자만의 힘으로만 살아가는 게 아니다. 지인의 도움으로 어렵사리 첫 임무를 마치고 나니 다소 용기도 생기고 자신감도 생겼다. 이후, 여섯 번의 디렉터 임무를 거의 완벽하게 수행했다.

4. 임관 50주년 행사

2024년 10월 11일. 가을 색이 곱게 물들어가는 사관학교 교정을 밟았다. 이십 대 초반의 새파란 젊음을 불태우던 모교 교정에 들어서니 왠지 모르게 가슴속에 뜨거운 감정이 올라왔다. 함께 젊음을 불사르던 전우들의 모습은 모두가 주름진 얼굴에 하회탈 같은 넉넉한 웃음을 가득 머금은 채, 서로의 손을 맞잡았다. 세월이 눈 깜짝할 새 흘러갔다. 언제 또 모교를 방문할 수 있을까? 이번이 마지막 기회라는 생각으로 전국 각지에서 동기생들이 모였다. 임관 후, 처음 보는 반가운 얼굴들도 있었다.

수양 록(임관 50주년 기념 책자)에 거론된 팔백마흔일곱 명의 동기 생이 이 교정에서 피땀을 흘리며 젊은 시절을 불태웠지만, 그중에서 그냥 스쳐 지나간 인연도 여럿 있다. 중대 또는 병과가 다르거나 임관 후에 근무지에서조차 볼 수 없어 말 한번 섞을 수 없었던 친구들은 50년이 지난 후에도 그저 스치는 인연 정도로 생각이 된다. 그러나 한 솥밥을 먹었다는 동질감만으로도 마음속에서는 동기생이라는 전우애 가 싹튼다.

5. 다섯 번째 수필집 『황혼의 소풍』 발간

2024.12.14. 요양보호사 체험수기『황혼의 소풍』을 다섯 번째 수필 집으로 출간하고 지인들을 초대해서 조촐한 출판기념식을 가졌다. 브 라보마이라이프 동년기자시절, 세웠던 나의 버킷리스트인 20권의 책 을 발간한다는 큰 그림을 그렸는데, 다섯 번째 수필집으로 그 이름을 올렸다. 출판기념식에는 브라보마이라이프 동년 기자 시절 함께 했던 동료들이 참석하여 축하해 주어 더욱 기뻤다.

늙어 죽어갈 때까지 누구나 거치게 되는 노인의 시기, 육신과 정신 의 노화는 인간을 인간답게 살지 못하게 한다. 개인이 상태에 따라 조 금은 다를 수도 있지만, 보편적 노화 현상은 누구나 피해갈 수 없는 현실이다. 자신의 삶을 스스로 유지하지 못하고 타인과 시설의 도움 을 받아야 한다면, 그 순간부터 고통이 뒤따르게 된다. 서글픈 인생의 결과물이지만 피할 수 없는 자연현상이다.

나는 요양보호사 활동 6년 동안 많은 어르신과 만남을 통해서 그분들의 실체적 삶을 목격했다. 100세 시대의 축복을 말하기 이전에 내가 만났던 분들의 삶은 전혀 행복하지 않았음을 스스로 고백할 수 있다.

한 분, 한 분들에게 쏟았던 정성이 그분들의 삶에 다소나마 위로가 되었다면 그보다 더 큰 다행히 아닐 수 없다. 요양보호사로서 아직은 열악한 근무환경과 처우를 떠나서 함께 호흡하고 온기를 불어넣었던 지난 6년의 세월은 나에게도 참으로 행복했던 시간이었다. 왜냐하면, 비록 몸은 불편하여 나의 도움을 받지만, 연륜에서 우러나오는 그분들 최소한의 지혜를 덤으로 습득했기 때문이다. 〈황혼의 소풍 서문에서 발췌〉

6. 문학평론가로 거듭나다

수필작가로 등단한 지 26년, 그동안 다섯 권의 개인 수필집과 한 권의 시집을 발간하였다. 그리고 올해 12월 21일, 민족 저항 시인인 이육사(이원록) 시인의 시작품을 평론 등단 작품으로 올려 당당하게 문학평론가로 그 이름을 올렸다. 문인으로서 꼭 해보고 싶었던 분야이다.

『글쓰기를 시작한 것은 어린 시절(초등학교) 이었지만, 삶의 고해苦海에 허덕이며 까마득하게 잊고 살다가 오십 대 초반에, 서울시에서 공모한 '제1회 서울 이야기 수필공모전' 입선을 계기로 본격적으로 다시 글을 쓰기 시작했습니다. 이후, 시와 수필에 대한 꾸준한 창작활동을 하였으나 시간이 갈수록 본질적인 어려움을 겪으면서도 포기하지 않고 오늘까지 견뎌왔습니다. 이번 작품은 '일제강점기에 끝까지 민족의 양심을 지키며 죽음으로써 일제에 항거한 시인' 이육사(원록) 시인의 시의 세계를 조명해 보았습니다.

이육사(원록)는 윤동주와 함께 '민족 저항 시인'으로서 평가받게 되었으며 실제로 1943년부터는 한글 사용에 대해 탄압을 가해오자, 한시만 쓰는 식으로 붓을 꺾지 않으면서도 저항의 의지를 굽히지 않았던 민족의 선각자이기도 합니다.

앞으로 많은 작품을 읽고, 그 속에서 문학의 깊이를 탐색하며 새로운 시각을 제시할 수 있는 문학평론가가 되도록 노력하겠습니다.』(등단소감문에서)

7. 자랑스러운 동문인상 수상

인천 영종초등학교 총동문회 송년 모임이 2024년 12월 21일 인천 주안에서 있었다. 그날, 오후 1시에 한국문학협회 행사에 사진과 영상 촬영 요청을 받고 열심히 촬영하면서 평론 등단 신인상까지 받았다. 행사가 끝나자마자 인천으로 부지런히 내려갔다. 이번 송년 모임에서 9대 총동문회장의 임기가 만료되어 차기 총동문회장 취임식이 있었는데, 4대 총동문회장을 역임한 나에게 축사를 해달라고 미리 부탁을 받았기 때문이다.

인천 영종초등학교는 나의 고향인 인천 영종도에 있는 학교인데, 1920년 영종 보통학교로 개교를 하여 2020년 100주년 행사를 마쳤다. 한창 코로나 19가 창궐하던 시기라 모든 행사가 축소되거나 취소되었음에도 영종초등학교는 성대하게 행사를 마쳤다. 그때 행사 전반에 대한 기획을 내가 책임지고 했기에 나름의 자부심을 가지고 있었다. 뜻밖에도 이 행사에서 『자랑스러운 동문』상을 수상하게 되었는데, 이는 종횡무진 한 해를 바쁘게 보낸 결과라는 생각과 고향을 배경으로 후배들에게 받은 상이었기에 그 어떤 상보다 기쁘고, 감사했다.

8. 서울 중구문인회에서 창작문학상을 받다

서울 중구 문인협회에서 꽤 여러 해 동안 문학 활동을 했다. 한 해의 마지막을 향해 치닫는 2024년 12월 28일, 서울 중구문화원에서 실시한 문학지 출판기념회 자리에서 『창작문학상』을 수상했다. 이는 2024년에 책(개인 시집 또는 수필집, 평론집)을 출간한 문인들에게 주는 상이었다. 나는 올해에 『황혼의 소풍』 수필집을 발간하여 본 상을 받게 되었다.

2016년 3월 브라보마이라이프 동년기자 1기로 선발되어 5년간 꾸준한 활동을 통해 일상의 삶을 기사와 사진으로 멋지게 꾸며보았다. 영상제작팀에 합류하여 동영상 제작을 하면서 다양한 경험을 살려 그 이후, 삶의 현장에서도 작품활동을 끊임없이 발전시키고 있다.

을사년乙巳年 새해가 밝았다. 지난해는 다사다난이라고 표현하기조차 민망할 정도로 어지러웠던 한 해였다. 경제가 어렵고 사회는 어수선하고 정치의 부재 속에 내 삶의 궤적도 한없이 비틀거렸다. 아무리 어둠이 짙어도 짙은 만큼 밝은 빛으로 거듭날 것이라는 믿음을 가졌기에 조심스레 좋은 날을 기대해 본다.

그런 와중에서도 개인적으로 나름대로 의미 있는 한 해를 보낸 것은 또 다른 행운이고 은총이라고 감히 말할 수 있을 것 같다. 그래서 더욱 감사한 마음이다.

쏜살같이 흘러가는 세월, 소중하게 생각하고 더불어 살아가는 아름다운 삶을 엮어 최선을 다하는 한 해를 기원해 본다. 소원하건대, 2025년 을사년에는 질곡의 시간을 건너 희망의 언덕으로 넘어가는 평화로운 한 해가 되기를 소망한다.

삶은 작품처럼, 인생은 소풍처럼

이 세상에서 제일 강한 사람은 자신과의 싸움에서 이기는 사람이며, 가장 행복한 사람은 지금, 이 모습 그대로 감사하면서 사는 사람이라고 한다.

아리스토텔레스는 행복은 감사하는 사람의 것이라고 했고, 인도의 시성 타고르는 감사의 분량이 곧 행복의 분량이라고 했듯이, 사람은 감사한 만큼 행복하게 살 수 있다고 한다. 행복해서 감사한 것이 아니라 감사하기 때문에 행복해지며, 가장 행복한 사람은 많이 소유한 사람이 아니라 가장 많이 감사하는 사람이라고 말했다.

'인생칠십고래희人生七十古來稀'

예로부터 사람이 칠십을 살기는 드문 일이라는 뜻이다. 하지만 100세 인생을 살아가는 요즘에는 인생 칠십을 살고 만다면 그보다 더 서글픈 일은 없을 정도로 칠십은 노인 축에 들지도 못한다. 인간의 수명도 의료체계의 발달과 함께 길어졌다.

나는 이년 전에 칠순 기념 시집 출판회를 했다. 솔직히 칠순 잔치를 한다는 자체가 남사스럽고 어디 소문낼 일도 아니다 보니, 그렇다고 그냥 넘어가기에는 좀 서운해서 칠순 기념 첫 시집을 내고 아주 가까운 지인을 초대해서 저녁 식사를 대접했다. 그래도 60여 명의 지인들이 찾아와 축하를 해주는 바람에 축하의 장은 성황리에 행사를 마칠 수가 있었다. 내 삶의 뒤안길을 잠시 돌아보는 시간이었지만 가까운 몇몇 지인들은 잘 산 인생인 것 같다고 격려해 주었다.

취미활동이라고 시작한 당구는 어느덧 내 일상의 중요한 일부분을 차지하게 되었고 옛말에 떡 본 김에 제사 지낸다고 내친김에 2년 전에 심판 자격을 취득하였다. 심판 자격을 취득해서 무엇을 한다는 그것보다는 그래도 이 나이에 도전과 성취의 기쁨을 조금이나마 누리고 싶었던 게 아닌가 싶다. 그리고 지금은 디렉터로 발탁되어 당구 시합의 전반적인 주관자로 행사를 진행하고 있다.

디렉터(Director)는 감독이라는 뜻이다. 아날로그 세대인 나에게 디지털 문화에 대한 두려움이 은연중 잔재하고 있으나 과감하게 나는 그 가운데로 뚜벅뚜벅 걸어가고 있다.

아무것도 하지 않으면 아무 일도 일어나지 않는다. 그래서 '안 해도 좋았을 도전이란 없다'라는 말에 더욱 공감이 간다. 실패하든 성공하든 그 과정에서 배움이 있다. 설령 배움이 없다 하더라도 무슨 일이든 도전해 가는 그 과정, 그 여정旅情 자체가 삶의 본질이기 때문이다.

올해부터 서울시 디비전 리그 당구 시합에 한 리그를 맡아 디렉터 임무를 성실히 수행하고 있다. 첫 경험, 누구나 살면서 첫 경험은 있게 마련이다. 디렉터로 첫 임무 수행을 앞두고 걱정이 되어 잠도 설쳤다. 그러나 세상은 혼자만의 힘으로만 살아가는 게 아니다. 지인의 도움으로 어렵사리 첫 임무를 마치고 나니 다소 용기도 생기고 자신감도 생겼다.

7년 전 인생 3모작으로 다니던 직장에서 일하던 중 뇌경색 판정을 받고 스스로 걸어서 삼성서울병원 중환자실에 입원했다. 극복 과정에서 보이지 않는 고뇌와 고통은 오롯이 나 혼자만이 감당해야 할 몫이었다. 1년 후, 거의 20여kg에 육박하는 배낭을 짊어지고 지리산 종주 산행길에 나섰다. 나 스스로에게 나를 묻기 위해서다. 함께 했던 옛 전우들과 함께 그 험한 3박 4일의 산행길은 내 인생의 가장 긴 고통의 시간이었지만 또 한편으로는 환희의 시간이었다. 내 스스로 극복해 냈기 때문이다. 이 또한 50여 년 동안 함께 동고동락했던 젊은 날의 전우들이 곁에 있었기에 가능했던 일이었다. 이후, 두 권의 수필집과 한 권의 시집을 출간했다. 물론 그 이전에 두 권의 수필집을 발간했지만, 이후 세 권의 서적은 뇌경색 발병 이후에 펴낸 책이었다. 지금도 틈만 나면 창작의 열정을 불태우고 있다. 한국문학협회에서 개최한 2024년도 전국 디카시백일장에 작품을 냈다.

디카시(디지털카메라 + 詩의 합성어)는 디지털카메라로 자연이나 사물에서 시적 형상을 포착하여 찍은 영상과 함께 문자로 표현한 시를 말한다. 디카시는 영감을 주는 영상이 먼저 있고, 그 영감을 시로 표현하는 느낌이라고 할까. 5행 이내의 문장으로 함축된 시와 관련된 사진을 말한다. 올해에 봄을 주제로 한 디카시 백일장에서는 231명의 전국의 시인들과 경합하여 은상을 수상했다. 두 번째 여름을 주제로 한 디카시 백일장에서는 동상을 수상하는 영광을 안게 되었다. 목표는 또 생겼다. 대상을 목표로 끊임없이 정진할 예정이다.

또한 올해에 총 여섯 번의 디비전 리그 디렉터로 활동하게 되어있다. 그런데 벌써 그 절반인 3라운드가 엊그제 지나갔다. 라운드가 진행될수록 자신감도 올라가고 할 수 있다는 의지도 높아졌다. 라운드 횟수가 다가올수록 더욱 완벽하게 임무를 수행하기 위한 마음가짐을 다져본다.

또한 끊임없는 창작의 열정은 쉼 없이 솟아나는 샘물처럼 내면에서 용솟음친다. 평생 20권의 책을 상업 출판하겠다는 야심 찬 나의 버킷 리스트가 완성되는 날까지 난 그 목표를 향해 걸어갈 것이다.

나는 칠십 대 청년

— 구십 대 노인을 칠십 대 청년이 돌보다

인생 100세 시대가 도래한 이후 '노노케어'는 요즘 사회 곳곳에서 겪는 일반적인 현상이다. 불교에서 말하는 윤회와도 같은 생로병사의 또렷하고도 생생한 현상이 지금 내 주위에서 일어나고 있다.

젊어 치열한 삶의 현장에서 물불 안 가리고 열심히 살아냈던 지난 날들은 한낱 신기루처럼 사라지고 지치고 병든 몸뚱이가 의지대로 움직여주지 않아 그냥 바보가 되어버렸다.

잠시 잠깐 문밖 외출 때에도 옷 입히고 양말 신기고 지팡이와 신발까지 챙겨줘야 겨우 움직일 수 있으니 이보다 더 큰 일이 어디 있으랴! 게다가 생리현상은 불규칙하게 일어나고 있으니 외출 준비 중에는 반드시 화장실 먼저 들러 볼일을 보게 한다. 그런데도 바지 내리고 소변 보는 일이 뭐 그리 대수라고 십중팔구는 바짓가랑이를 적시고 나오니 금방 갈아입힌 옷을 다시 갈아입혀야 하는 그 수고가 만만치가 않다.

보살피는 가족의 처지에서 이보다 더 귀찮고 짜증 나는 일이 있으랴. 그러니 늘 지청구를 달고 살다 보니 매사에 무덤덤해질 수밖에. 양말 한 짝 내 손으로 못 신는 신세, 그게 바로 100세 시대의 재앙이다.

어르신은 그렇게 하루하루를 버텨내고 계신다. 다만 하루의 낙이라면 볼만한 TV 프로그램이 나올 때, 시각적, 청각적으로 대리만족을 하는 것이다. 그중에서도 가장 기다리는 시간은 나와의 만남이다. 칠십 대 초반의 나는 아직은 마음으로만 청춘이다.

어르신과 함께 1시간 남짓 근처 근린공원을 산책하고 걷기 운동으로 보살피고 돌아오면 어르신이 가장 좋아하는 바둑 두는 시간이다. 어느 정도 '인지 부조화'가 있긴 하지만, 그래도 바둑 두는 것만큼은 잊지 않으셨다.

바둑 두는 데는 긴 장고가 필요 없이 손 가는 대로 돌을 놓는다. 어쩌다 내 돌을 잡아놓고는 입꼬리가 올라가면서 활짝 웃는다. 때로는 소리 내어 박장대소할 때도 있다. 그럴 때 어르신의 모습은 이 세상에서 가장 평화롭고 행복한 표정을 지으신다.

배우자의 말에 의하면, 내가 올 시간쯤에 맞추어, 바둑 두는 방의 불을 켜고 선풍기를 틀고 계속 왔다 갔다 하신다는 것이다. 그러니 얼마나 바둑이 두고 싶으면 그렇게까지 하실까? 하는 생각을 하면 될 수 있는 대로 시간 늦지 않도록 부지런히 어르신 댁으로 발걸음을 재촉한다.

나이가 들면 생리적인 현상이 잘 인지가 안 될 때가 많은가보다. 어느 날, 평소 짜장면을 좋아하는 어르신을 모시고 동네 중식당으로 외식하러 갔다. 동네에서는 제법 알려진 그곳에서 맛나게 짜장면을 먹고 나오면서 으레 화장실을 들르려고 하니 어르신이 황급히 손을 내저으신다. 괜찮으려니 하고 그냥 나와서 신호등을 막 건너면 예전의 예식장 건물이 있는데, 지금은 큰 음식점이 들어서 있다. 그 건물 옆 골목에 막 들어서자마자 똥 마렵다는 신호를 보내는 게 아닌가? 외진 골목도 아니고 사람들이 많이 지나다니고 있었는데, 참으로 난감하기

이를 데가 없었다. 그 건물 화장실이 불과 3분 이내로 갈 수 있는데, 그 새를 못 참고 바지를 내리고 말았다. 나 역시도 너무나 당황해서 어찌할 바를 모르다가 어차피 벌어진 일이니 빨리 뒤처리해야겠다는 생각밖에는 없었다. 대책 없이 후다닥 건물 화장실로 뛰어 들어가 치울 수 있는 도구를 찾아보았더니 다행히 빗자루, 부삽 등이 눈에 띄어 들고나왔다. 당황 또 당황, 불과 몇 분 전에 화장실을 안 가시겠다고 하시던 분이었는데…. 어찌 이런 일이 벌어질까? 우여곡절 끝에 간신히 모든 상황을 처리하고 어르신을 모시고 집으로 걸음을 옮겼다.

지금 생각해 보면 누가 그러고 싶어 그러겠는가? 젊은 시절, 대학에서 학생들을 가르치던 교수님이 이런 꼴이 되었으니, 세월이 참으로 야속하다고나 할까?

그러나 누구도 피해갈 수 없는 노년의 삶은 참으로 복잡하고 어렵다. 생물학적으로 수명만 늘려놓은 100세 시대는 결코 행복하다고 할 수만은 없는 현실이다.

어르신을 보고 있으면 '20여 년 후의 나의 모습은 어떻게 변할까?' 하는 우려가 무럭무럭 피어오른다. 100세 시대 행복한 노년의 삶을 위해서 나는 무엇을 준비하고 어떤 생각을 하고 있는지 다시 한번 자신의 삶을 뒤돌아보는 시간을 마련할 필요가 있을 듯싶다.

행복 전도사 105세 김형석 교수님은 아직도 열심히 걷고 수영하고 강단에 서서 자기 삶의 철학을 후학들에게 가르치신다. 그분의 일상을 잠시 들여다보면 참으로 소박하게 사시는 분이시다.

그렇게까지는 못하더라도 나만의 방법으로 많이 웃고, 많이 걷고, 열심히 책보고 글 쓰는 문학인으로서의 자세를 가다듬어야 하지 않을까 하는 생각을 해본다.

어제도 한국문학협회 요청으로 협회 행사에 사진과 영상을 찍고 왔다. 도시는 마치 열섬에 갇힌 듯 뜨거웠으나 그 와중에서도 시를 쓰고 디카시전국백일장 대회에 작품을 내신 시인들을 보면서 잠시 나를 되돌아보는 시간을 가질 수 있어 좋았다.

절대 길지 않은 인생길에 자신이 걸어가는 하루하루를 소중하게 꾸미고 결코 후회 없는 삶을 살았노라고 훗날 자신 있게 말할 수 있도록 늘 준비하고 깨어있어야겠다.

내 나이 일흔하고도 하나 되었을 때

내 나이 열 여덟일 때

폭풍우와 풍랑을 온몸으로 맞으면서 세상과 싸웠다. 산다는 것은 매일매일 전쟁과 같은 초긴장의 순간들이었다. 왜냐하면, 일상의 가장 소중했던 의식주부터 해결해야 그다음 발걸음을 내디딜 수 있었기 때문이다. 주경야독晝耕夜讀의 고단한 시간이 쉴 새 없이 흘러갔다. 그래도 꿋꿋하게 잘 버티면서 인격의 틀을 완성해 나갔다.

고등학교 3학년 여름방학, 대학입시가 코앞인데, 그래도 학창 생활을 하면서 속내를 터놓고 서로 의지하던 친구 세 명이 의기투합했다. 그동안 소홀했던 공부를 보충하고 대학입시에 대비한다는 의미로 계룡산 갑사라는 사찰로 한 달간 집중적으로 공부하러 가기로 의견을 모았다. 그러나 갑작스러운 사정으로 나만 함께 하지 못하고 두 친구만 계획대로 떠났는데, 훗날 두고두고 아쉬운 마음이 들었다. 그들이 사찰에서 보냈던 생소한 시간은 가끔 만나면 회자되었다. 나중에 시간을 만들어 셋이서 다시 한번 더 그 사찰을 찾아보자는 의기투합을 했다.

청춘의 한가운데서 맛보았던 아름다운 추억이었을지도 모른다. 기회가 된다면 언제든 다시 한번 떠나보고 싶은 욕망은 늘 가슴속에 남겨두었다.

내 나이 일흔하고 한 살이 되었을 때

청소년 시절의 평탄치 못한 삶의 순간들을 극복하고 무난한 사회생활을 하다 보니 어느새 일흔이라는 나이가 되었다. 古稀란 예로부터 드물다는 뜻으로, 사람의 나이 일흔 살 또는 일흔 살이 되는 때를 이르는 말로써 두보杜甫의 〈곡강시曲江詩〉에서 '인생칠십고래희人生七十古來稀'라는 구절에서 온 말이다.

'人生 七十 古來 稀' 古稀를 맞이하는 세월을 살아보니 아름다운 인생의 향기가 그리워진다. 삶이란 참으로 복잡하고 아슬아슬하다. 걱정이 없는 날이 없고 부족함을 느끼지 않는 날이 없으니까.

얼추 일흔하고 한 살이 된 고등학교 동기들이 어제 종로3가에서 반창회를 가졌다.

일흔한 살을 굽이굽이 넘어가는 친구들은 흰머리에 검버섯과 주름살이 대추나무 연 걸리듯 주렁주렁 열렸다. 어디 한군데서 멈추지도 못한 채 흐르는 세월에 등 떠밀린 까까머리 친구들이었다. 은사님도 한 분 모셨다. 3학년 담임선생이시다. 이제 스승이나 제자나 모두 거기서 거기.

한바탕 유쾌한 시간을 보내면서 삼겹살에 소주 반주 삼아 저녁을 먹고 그 기분을 조금 더 연장하고 싶은 마음에 2차 호프집으로 옮겨 호프 한잔의 즐거운 시간을 가졌다. 모두가 즐거워하는 그 시간은 또 지나고 나서 생각하면 한 편의 아름다운 추억으로 회자하겠지.

"친구들아, 아프지 말고 다음에도 꼭 이 자리에 나와서 한 잔술에 멋진 추억을 만들어가자"

국화산방菊花山房 취남정翠南亭 이야기

　가을이 듬뿍 내려앉은 을사년 10월의 중순에 일행을 실은 차는 김포가도를 미끄러지듯이 달려가고 있었다. 강화읍 국화길에 있는 국화산방을 향해 가는 길이다. 강화대교를 눈앞에 두고 노 시인으로부터 연신 확인 전화가 왔다. 국화산방 입구에 나와 기다리던 시인은 우리가 도착하자 곧바로 예약해 놓은 단골식당으로 안내했다. 강화 특산물 밴댕이 회무침과 생대구탕으로 늦은 점심을 맛있게 먹고 국화산방에 들르기 전에 먼저 몇 군데 명소를 들르기 위해 차를 몰았다.

연미정燕尾亭

　연미정이 있는 월곶은 임진강과 한강이 만나는 지점으로, 서해와 인천으로 흐르는 물길 모양이 제비 꼬리와 같다고 하여 정자 이름을 '연미정'이라 했다. 강화 10경의 하나로 꼽힐 정도의 절경으로, 옛날에는 서해에서 서울로 가는 배가 이 정자 밑에 닻을 내리고 조류를 기다렸다 한강으로 들어갔다고 한다. 건립 연대는 정확하지 않지만 고려 고종 31년(1224)에 구재학당의 학생들을 이곳에 모아놓고 공부하게 했다는 기록이 있다. 정묘호란 때 인조가 후금과 굴욕적 형제 관계의 강화조약을 맺었던 곳이기도 하다. 조선 영조 20년(1744)에 중건되었으며, 조선 고종 28년(1891)에 중수한 후 여러 차례 보수되었다.

　고려 조선 때는 연미정 주변이 상당히 번화했다. 각종 물건을 싣고 남녘에서 올라온 배들이 예성강을 타고 개성으로 가기 위해, 한강을 타고 한양으로 가기 위해, 연미정 앞까지 와서 물때를 기다리며 정박했다. 북녘에서 내려오는 배들도 마찬가지였다.

고려 고종은 1231년 몽골군 침입으로 수도를 개경에서 강화도로 옮겨 고향이 그리울 때마다 연미정으로 나와 강 건너 북녘땅 고려수도 개경을 바라보면서 풍전등화 조국의 운명과 왕으로서 본인의 무능함을 한탄하고 눈물을 흘린 곳이기도 하다. 정자를 내려오면서 보니 왼편에 연미정에 대한 비석이 서 있었다. 연미정(사적 452호)은 군사 보호구역으로 지정되어 일반인의 출입이 제한되었으나 2008년부터 일반인도 출입하게 되었다.

오늘따라 푸른 가을하늘 아래 펼쳐진 성곽 따라 연미정의 모습이 멋지게 드러났다. 카메라 셔터를 누르다 보니 노시인이 손을 가로저으며 말렸다. 성곽 밖으로 펼쳐진 바다 건너 북한 땅이 지척이다 보니 관람객들의 사진 촬영을 제한하기 위해 무인 카메라를 운영 중이니 조심하라고 한다.

고려천도공원

연미정을 관람하고 간 곳은 고려 천도 공원이었다. 가는 길 내내 우측은 삼중 철책선으로 둘러쳐져 있었다. 철책선 너머는 바다 건너 북녘땅이 빤히 바라다보이는 곳으로 북한 땅과의 거리가 지척이라는 얘기를 들었다.

오늘따라 가을 하늘은 파랗게 물들었고 뭉게구름이 이리저리 춤을 추면서 봉황을 만들다가 때로는 승천하는 용을 멋들어지게 그려놓았다. 길게 늘어진 논에는 아직도 가을걷이를 못 한 벼가 고개를 숙인 채 쓸쓸하게 손님을 맞이하고 있었다. 일행들은 땀 흘려 지은 가을 농사를 아직도 논에 그대로 내버려 둔 농부의 마음은 어떨까? 하는 우려의 목소리를 내고 있었다. 드디어 천도공원 주차장에 들어섰다.

고려 천도 공원은 2019년 강화군 송해면에 조성된 역사 테마공원으로, 몽골 침입기에 고려가 강화도로 천도한 39년간의 파란만장한 역사를 기념한다.

고려천도공원은 민통선(민간인 통제선) 안에 위치하여 방문 전 필히 신분증을 제시해야 하나 현지인인 이 시인의 안내로 신분증 제시 없이 통과하였다. 대몽항쟁과 삼별초 등 고려 시대 역사를 설명하는 다양한 조형물과 자료가 배치되어 있어 교육적 가치가 높다는 생각을 해본다.

강화 천도는 고려-몽골 전쟁 때 항전하기 위해 고려 고종이 1232년 도읍을 강화도로 옮겼다. 이후 38년간 고려의 임시수도였던 강화도의 역사를 천도문을 시작으로 고종사적비까지 강화 해안가를 따라 돌아볼 수 있다. 천도문 광장에 들어서면, 고려 시대 대몽항쟁을 위해 개경에서 강화도로 천도하던 모습을 볼 수 있다.

파란 가을 하늘을 가로질러 기러기 떼가 이리저리 이동하는 모습이 자주 눈에 띄었다. 때가 때인 만큼 철새들의 이동이 시작된 것이다.

천도공원을 보고 드디어 국화산방으로 차를 몰기 시작했다. 어느덧 가을 햇살은 서산으로 뉘엿뉘엿 기울어지기 시작하고 있다.

국화산방菊花山房

국화산방 입구에서부터 노란 국화가 반겨주었고 호젓한 산방이 그 모습을 드러냈다. 노 시인의 손때묻은 아기자기한 소품들과 잘 정돈된 정원의 모습이 무척이나 인상적이었다.

1,500여 평이나 되는 적지 않은 공간에 나무와 잔디, 그리고 아기자기하게 꾸며놓은 소품 관리가 노시인 부부에게 너무 과하지 않을까 하는 상상을 해본다. 하지만, 노시인은 당당하게 말한다. "국화산방菊花山房 취남정翠南亭에 정情내려놓기를 어언 38년의 세월이 흘렀지만 나는 정말로 행복한 사람."이라고.

「국화산방 취남정에서 하루하루 무위자연無爲自然 벗하며 무지無知로 따뜻한 햇볕, 맑은 공기, 좋은 물 마시며 땀 흘려 가꾸면서 생각나는 대로 시詩를 하나하나 구슬에 꿰매듯 한 권의 책으로 만들어 세상에 빛을 보게 됨은 내 인생의 크나큰 행복이다.」라고 시인은 자신의 첫 시집인 나의 작은 정원 국화산방 취남정 이야기에서 밝혔다.

정원에는 노란 국화꽃이 여기저기 가을을 배웅하고 있었다. 잘 정돈된 잔디와 소품들이 어우러져 가을 냄새가 물씬 풍겨왔다. 산방 정면 국화 호수에는 늦가을 풍경이 그대로 물에 투영되어 한 폭의 산수화를 그려냈으며 청둥오리 가족이 미끄러지듯 물살을 가르고 있었다.

시인이 손수 꾸민 집으로 들어서니 입구에서부터 가지런히 정리된 소품 수석들이 손님을 맞는다. 노시인은 은행에서 정년퇴직한 후, 우연한 기회에 기와 풍수지리를 접하고 매료되었다. 그런 영향을 받아서인지 거실에서 바라본 천정은 피라미드형 강화유리로 자연채광이 가능하며, 밤에는 거실에 누워 별과 달을 바라볼 수 있다는 것이었다.

「국화산방」

눈감으면 국화향 코끝에 매달리고
눈뜨면 국화저수지 위로 솜털구름 여유롭다

바람이 속삭인다
이곳이 바로 천국 낙원이라고
시인이 읊조린다
이곳이 곧 내 행복의 쉼터라고

고요히 평화가 내려온 그 곳 국화산방 취남정.

2층 황토방까지 구경하고 거실로 내려와 시인이 손수 내놓은 생강차를 마시며 맛있는 대화를 이어갔다.

어느덧 어둠이 내려온 산장을 떠나 다시 서울로 올라오는 길에 잠시 생각에 잠겼다. 팔십이 훌쩍 넘은 노시인의 삶은 언감생심 흉내 낼 수조차 없을 정도로 건강하고 행복해 보였다.
지금부터라도 나에게 주어진 삶을 최대한 아끼고 사랑하며 하루하루 행복을 만들어가야겠다는 결심을 하는 소중한 시간이었다.

김형석 교수님의 '행복론'을 읽으며

새벽 6시 20분에 기상을 하여 이른 아침을 먹고 집을 나선다. 4년 넘게 몸이 불편하신 어르신을 보살피다가 2022년 11월에 모든 것을 접었다. 그 이유로는 내가 보살피던 분이 결국 요양원으로 가신 것도 있지만 칠순을 맞은 나의 체력에도 서서히 한계가 왔기 때문이다.

그러나 감정노동자인 요양보호사 일은 때로는 굳건한 체력과 정신력도 겸비해야만 그 일을 수행할 수 있기에 홀가분한 마음으로 정리하고 내 본연의 글쓰기에 전념할 생각이었다.

그래서 계묘년 새해에 첫 시집 '별빛 사랑'을 상재하게 되었다, 그런데, 2월에 들어서 한 요양센터에서 전화 한 통이 걸려 왔다.

"선생님, 도움이 필요한 어르신이 있으니 한번 나오세요"

이미 마음의 정리를 마친 나는 정중히 고사하고 망설였다. 그러나 계속된 간곡한 부탁에 차마 거절하지 못하고 '가서 얼굴이나 뵙고 와야겠다'라는 생각으로 약속장소로 갔다. 그분의 거실에 들어서는 순간 십자고상과 성모님상, 그리고 성가정상이 제일 먼저 눈에 들어왔다.

"아! 독실한 크리스천이시구나"

자신의 세례명이 '벨라도', 배우자인 할머니는 '도로리나' 자매님이라고 하셨다. 얼떨결에 그렇게 또 인연이 맺어지고 다음 날부터 신장 관계로 혈액투석을 하시는 도로리나 자매님을 모시고 근처에 있는 병원 나들이가 시작되었다. 이것도 '거스를 수 없는 운명의 흐름'인가 라는 생각에 나는 오늘도 새벽잠을 누리지 못하고 삶의 현장으로 달려왔다.

병원 근처에 거여동 성당이 있었다. 반가웠다. 그동안 다소 소홀했던 신앙생활을 이곳에서 되돌아볼 생각이었다.

자매님이 투석하는 3시간 동안은 오롯이 나만의 시간이었기에 그 시간 동안 처음에는 집에 가서 쉬다가 왔는데, 생각해 보니 그 시간이 아까워 오늘은 근처 거여동성당 만남의 방에 와서 책을 읽기로 했다.

성당은 내 어린 시절부터 미사를 집전하시는 신부님 옆에서 복사를 섰고 한때는 20여 년이라는 짧지 않은 세월을 성당 사무실에서 근무한 적이 있으니 왠지 마음의 안식처가 될듯한 느낌이 들다.

다소 이른 시간에 성당에 들어오니 관리인이 다소 경계의 눈초리로 묻는다. 처음 보는 낯선 사람이었기에 그럴 만도 했다.

"어떻게 오셨어요? 신자세요?"

다소 의심스러운 물음이었다.

"네, 가락2동성당 신자예요"

"들어올 때 보니 성모님께 인사도 안 하는 걸 봐서 신자가 아닌가 해서요"

의심의 눈치를 거두지 않는 모습이 역력해 보였다. 더는 신경 쓰지 않고 가방에서 책을 꺼냈다. 얼마 전에 선물 받은 100세 철학자 김형

석 교수님의 '100세 철학자의 행복론'이라는 책이다. 올해 들어 104세
이신 교수님은 아직도 정정한 모습으로 강연과 집필활동을 하고 계신
다. 늘 마음속에 존경의 예를 갖추는 이 시대의 어른이고 선각자이다.

　　위 책에서 교수님은
"행복이 머무르는 곳은 언제나 현재뿐이다. 지금 여기에 있는 행복
이 진짜 행복이다."
"사랑이 있었기에 나는 행복했습니다. 여러분도 행복하세요."라고
했다.
　　젊은 시절 호주의 한 목사님이 교수님이 다니던 평양에 있는 중학교
에 와서 수수께끼를 내시는데 그 제목은 '세상에서 제일 강한 것은 무
엇인가?'라는 문제였다,
　　김형석 교수님은 세상에서 제일 강한 것은 '정의'라고 답했는데, '사
랑'이라고 답한 3학년 선배가 1등 상을 받았다. 2등 상을 받은 교수님
은 2등이라는 글자를 지우고 대신 1등으로 바꾸어 썼다.
　　한동안 그 신념에는 변함이 없었다.

　　그로부터 10년 후, 일본 도쿄로 유학을 가서 고학으로 공부하면서
많은 사람의 후원과 도움을 받으면서 생각에 변화를 느끼기 시작했
다. '사랑'이 없고 '정의로움'만 따졌다면 과연 그 어려운 시련과 난관을
극복할 수 있었을까? 조건 없는 사랑이 자신을 그 어려움에서 구해줄
수 있었다고 고백한다. 그래서 그의 신념에도 작은 변화가 생겼다. 정
의로움도 중요하지만, 사랑이 없는 삶과 정의로움은 그 한계가 분명하
다는 것을.

내 주위를 몇 번이고 왔다 갔다 하던 관리인은 그래도 미덥지 않았던지 다시 다가와서 불쑥 한마디를 더 건넨다.

"진짜 신자가 맞으시나요?"
나도 모르게 불쑥 볼멘소리가 튀어 나왔다.
"제가 신자라고 몇 번이나 말씀드렸는데, 못 믿으시겠냐?"고 하면서 하지 않아도 될 말까지 해버렸다.
"저도 성당 사무실에서 20여 년간 근무했어요. 왜 자꾸 질문하시는지는 알겠지만…."
나의 퉁명스러운 말투에 당황한 기색으로 그분은 돌아간다.
공연히 말했나?

미사 시간이 가까워 대성전으로 올라가야겠다. 오늘 모처럼 평일 미사에 참석하게 되었는데, 이것도 큰 은총이지.
관리인은 어디선가 CCTV로 나를 계속 지켜보고 있겠지. 정말로 미사참례를 하는지, 신자인지 가짜인지 확인할 것이다. 오전 10시 미사를 드리러 교우들이 한 두 분씩 채워지고 있는 대성전으로 올라갔다. 비록 그 관리인의 떨떠름한 표정이 개운하지는 않았지만, 그분은 그분 나름의 '직무에 충실'하려고 그러겠지 라고 생각하면서 이해의 폭을 넓혔다.
"하느님, 감사합니다."

2023.2.21.(화) 운해 김종억

천사의 소리

눈이 소복소복 내린다. 어둡고 칙칙한 도시의 그림자를 하나둘씩 지우더니 세상의 모든 얼룩진 상처를 자분자분 덮어버린다. 인간이 제 아무리 잘났다고 지지고 볶고 악다구니를 써도 결국 인간의 한계는 거기서 거기 아니겠는가?

어제저녁 외출하고 돌아오는 길에 지하철에 한 무리의 사람들이 우르르 탔다. 그런데, 크고 작은 피켓을 소지하고 있었다. 피켓에 그려진 그림과 글씨를 유심히 봤더니 모두가 섬뜩했다. 방한 복장으로 중무장한 남, 여 대여섯 명이 그들끼리 무언가 두런두런 얘기하는 모습이 심상치 않아 보인다.

'노동당'

생소한 이름, 노동당….

정권 퇴진, 대통령 퇴진 등 원색적인 문구와 그림이 눈길을 사로잡는다. 이 추운 겨울에 왜 이렇게 떼거리로 몰려다니는 걸까? 차에 오르던 몇 사람이 피켓 때문에 걸려 넘어질 뻔하기도 했다.

생소한 노동당, 혼잣말로 "북한의 노동당인가?" 중얼거렸는데, 귀도 밝은가 보다. 즉시 대답이 튀어나온다.

"아니에요."

날카로운 여성의 항의성 목소리였다.

순간 불쾌한 생각이 들었다. 사람들의 시선이 다시 그들의 모습에 꽂힌다. 그들은 실시간으로 안내문자를 수신하면서 지하철 6호선 환승역인 약수역에서 우르르 내린다.

집으로 돌아오는 내내 씁쓸한 기분이 들었다.

오늘은 '주님공현 대축일'이다. 2000년 전에 오신 예수님이 공적으로 자신을 드러낸 사건을 기념하는 대축일이다. 난 가톨릭 신자이다. 초등학교 시절에 구교인 외갓집의 영향을 받아 세례를 받았다. 그리고 미사 집전하는 사제의 옆에서 시중드는 복사단에 가입하여 졸업할 때까지 열심히 활동했다. 시골의 아주 작은 성당이었는데, 아침, 저녁으로 은은하게 들려오는 성당의 종소리가 듣기 좋았다. 그래서 그런지 칠십 평생을 사는 동안 신앙 안에 머물며 힘들 때마다 심리적 안정을 찾곤 했다.

오늘도 청소년(중, 고등부) 미사에 참례하기 위해 집을 나섰다. 집을 나서자 눈은 하염없이 쏟아진다. 하얀 눈밭을 걸으며 성당으로 가는데, 눈이 어느새 싸락눈으로 바뀌어 작은 알갱이로 쏟아지니 우산에서는 요란한 소리가 난다.

미사 중, 2층 청소년 성가대에서 들려오는 노랫소리가 참으로 아름다웠다. 그중에서 한 남자 아이의 성가 소리는 마치 천사의 노랫소리처럼 아름다웠다. 미사 내내 그 소리를 듣고 있노라니 왠지 마음 한구석이 푸근하고 안정이 되었다. 이런 맛에 성인인 내가 청소년 미사에 참례하는지도 모르겠다. 요즘, 유행하는 '미스터트롯3'에서 유 소년부 아이들의 노래에 푹 빠져버린 나는 성가대에서 들려오는 노랫소리에 괜히 마음이 촉촉하게 젖어든다.

미사 시간 내내 천사의 찬양 소리를 들으며 행복한 시간을 보냈다. 슬며시 그 친구가 궁금해졌다. 미사가 거의 끝날 무렵 2층 성가대석으로 올라갔다. 그 아이를 보고 싶어서였다. 2층 성가대석에는 중학생 정도로 보이는 남자아이들 몇 명이 열심히 성가를 부르고 있었다. 얼굴이 보송보송한 그 아이를 다음에 만나면 꼭 손을 잡고 등을 두드려주고 싶다.

미사 후, 1층 로비로 내려와 둥굴레차 한 잔을 타서 들고 만남의 방 구석 테이블에 앉았다. 창밖에는 함박눈이 펑펑 쏟아진다. 창밖으로 쏟아지는 눈을 바라보며 잠시 상념의 나래를 펼쳤다. 차가 식을 때까지 휴대폰을 열어 차분하게 글을 쓰기 시작했다. 2025년 1월 5일, 세상은 한 치 앞도 내다볼 수 없을 정도로 혼탁하고 불확실의 순간순간을 넘어가고 있는 이때이지만 이 모두가 인간에 의해서 인간이 저지른 상황이기에 더욱 안타깝다.

어제까지만 해도 피켓 들고 불쑥 지하철에 올라탄 한 무리의 사람들 때문에 기분이 몹시 상했는데, 오늘은 또 새롭게 시작이 되는구나. 불화가 사라지고 상대방을 헐뜯고 모함하고 편 가르기로 세상을 어지럽히는 일은 이제 끝냈으면 좋겠다.

오늘 미사 중에 들려온 천사의 아름다운 음성이 이 세상 곳곳을 물들였으면 좋겠다. 다툼과 불화가 있는 이 세상을 평화로 물들였으면 좋겠다.

통곡慟哭

　매년 여름철 한가운데를 지나려면 장마로 인한 집중피해를 걱정해야 하는 시기가 돌아온다. 2023년도 장마는 일반적인 장마가 아니라 '매우 짧은 시간 동안 특정 지역에 집중되는 극단적인 비'를 뿌렸다. 전국에 고르게 장맛비가 오는 것이 아니라 이번 호우처럼 특정 지역에만 집중된 것으로 보아 이상기후 현상임을 알 수 있다.

　폭우가 내린 경북 예천 내성천 일대. 맨몸으로 예천지역 수해 현장에 투입된 채수근 일병. 급류에 휩쓸려 결국 실종 14시간 만에 시신으로 발견되었다. 스무 살 꽃다운 나이, 피어보지도 못한 채 꺾어버린 꽃봉오리가 되었다. 왜 해병부대는 구명조끼조차 지급하지 않은 채 급류로 내몰았을까?

　2023.7.19 오전 내성천 일대 폭우로 인해 실종자 수색작전에 투입된 해병 1사단 예하 포병부대에서 근무하던 채일병이 급류에 휩쓸려 실종 14시간 만에 시신으로 발견됐다. 사고 당시 채일병을 비롯한 해병 대원들은 최소한 생명을 지켜줄 구명조끼조차 착용하지 않은 채 멜빵 장화를 신고 내성천에 들어갔다. 사고현장을 찾은 채일병의 부모는 물살이 거센 위험한 지역에 투입하면서 최소한의 구명조끼조차 입히지 않은 것에 대하여 분노하며 통곡을 했다.

　채수근 일병의 부모는 중대장에게 "구명조끼가 그렇게 비싼가? 기본도 안 지킨다며 이건 살인이나 다름없다. 라며 통곡을 했다.

채 일병은 지난 3월 말 해병대에 입대해 아직 100일 휴가도 가지 못한 신병이었다. 채 일병은 열혈 모범 청년이자, 집안에서는 귀한 장손이었다. 현직 소방관인 채 일병의 아버지는 "강해지라"라며 해병대에 자원입대한 아들을 지지했다고 한다. 한 친척은 "빨리 군 복무를 마치고 학업에 열중하겠다던 아이였다"라며 "사고 전날 아버지와의 통화에서 '실종자 수색대원으로 간다'라고 전했고, 아버지도 '조심히 잘 다녀오라'며 대화한 게 마지막이 되었다"고 전했다. 또 다른 친척은 "구명조끼도 입히지 않고 수색작업을 시키는 게 말이 되냐"며 목소리를 높였다. 전날 아들의 실종 소식을 듣고 현장에 달려온 채 일병의 어머니는 "중대장님, 구명조끼만 입혀도 살았을 텐데"라며 통곡하기도 했다.

가슴이 얼얼하다. 통곡 소리가 하늘에 닿았다. 세상을 살면서 '기본에 충실하자'라는 말이 생각난다. 아무리 세상이 혼탁해도 인간으로서 지켜야 할 기본은 충실히 지켜야 건강한 사회가 되고 억울한 일이 안 생긴다. 기본을 제대로 지키지 못함으로 죄 없는 청년이 채 피어보지도 못한 채 스무 살의 앳된 나이로 희생이 되었다.

50여 년 전에 벼 베기 대민지원에 내몰렸던 훈련병이 불발탄 폭발로 먼 길 떠났던 우리 형이 생각난다. 세월이 흘러 50년 전의 일이 아직도 가시지 않은 상흔은 가슴을 에는 아픔으로 남아있다. 50여 년 전 어느 해에 형은 국가의 부름을 받고 군에 입대했다. 고향을 등지고 서울에서 함께 동고동락하던 형의 입대라 예상은 하고 있었으나 형의 빈자리는 좀처럼 가시지 않는 허전한 여운으로 남았다. 그러나 나는 인생의 진로를 고민해야 했던 고3의 시기라 정신없는 시간을 보내고 있었다. 보이지 않는 미래에 대한 반감으로 닥치는 대로 세상을 살던 나에게 인생의 반전을 맞이하게 되는 결정적인 계기가 다가왔다.

난데없이 날아든 한 장의 순직 통보서! 형은 그렇게 우리 곁을 떠나갔다. 흰 눈이 펑펑 쏟아지던 날, 용산역에서 까까머리 형이 기차를 타고 창밖으로 손을 흔들며 떠나갈 때. 안타까움에 멀어져가는 형을 배웅하면서 기차가 안 보일 때까지 함께 뛰었다.

논산훈련소로 입대한 형이 첫 휴가조차 나오지 못한 채, 단풍이 곱게 물든 어느 날, 난데없는 순직 통보서가 날아들었다.

당시 이제 갓 훈련병 생활을 마친 병사들에게 벼 베기 대민지원을 내보냈다. 그렇다면 제대로 된 안전 교육이나 책임감 있는 인솔자를 딸려서 보내야 하지 않았던가! 온종일 벼 베기 작업을 마치고 부대 복귀를 위해서 집합되어 있을 때 동네 꼬맹이들이 불발탄을 들고 인솔자에게 다가왔다. 경험이 있는 인솔자라면 일단은 조심스럽게 불발탄을 인수하여 충격이 가하지 않도록 보존을 하고 부대에 연락하여 불발탄 처리반을 불러 처리했으면 되었을 일이었다. 당황한 인솔자가 불발탄을 받아 땅에 떨어뜨리는 바람에 폭발하였다. 부대 복귀를 위해 집합해 있던 1개 분대원이 거의 희생되는 참사를 불러왔다.

떠나간 형을 생각하며 슬픔을 삭이지 못하고 세상을 향한 반항심만 무럭무럭 키웠다. 형이 없는 세상은 심장 한쪽이 불에 덴 듯 화끈거렸다. 분노와 함께 불현듯 곁을 떠난 형이 몸담았던 군은 어떤 곳일까? 원망과 호기심이 발동했다.

통곡

형님이 군에 입대한 후, 첫 휴가도 나오지 못한 채, 전사 통지서를 받아든 아버지는 짐승처럼 울부짖었다. 평소 근엄하시기만 하던 아버지는 늘 오르지 못할 큰 산이었다. 난생처음 듣는 아버지의 처절한 통곡

소리는 한순간에 혼돈의 소용돌이로 몰아넣었다. 아버지가 그토록 사랑하시던 백합꽃 한 송이를 형님의 영정에 놓으시면서 또 한 번 슬프게 울어대시던 아버지의 그 모습이 두고두고 가슴속을 적셨다. 아버지는 자식이 앞서가는 그 길에 피눈물을 흘리시면서도 어린 시절 마당가에 흐드러지게 피어있던 백합꽃 한 송이로 마지막 배웅을 하셨다.

함박눈이 펄펄 흩날리던 어느 겨울날, 동작동 국립묘지에 안장되기 위해 이동하는 유골함 앞에서 형의 영정사진을 들고 오열하던 나는 굳은 결심을 하게 되었다. 돈짝만 한 눈은 온통 세상을 뒤덮어버릴 기세로 쏟아졌고 영정사진 위로 떨어진 눈송이가 녹아 흐를 때 나의 눈에서도 뜨거운 눈물이 두 볼을 타고 하염없이 흘러내렸다.

한 치 앞도 내다볼 수 없었던 암울한 시기를 보내면서도 보이지 않는 미래를 교직이나 공무원을 마음에 두고 있던 나에게 형의 순직 사건은 돌이킬 수 없는 인생의 터닝포인트가 되었다.

그때부터 다니던 직장도 그만둔 채, 열심히 공부하여 원하던 군에 입문하게 되었고 20여년이 훌쩍 넘는 세월을 푸른 제복에 땀과 혼을 바치게 되었다. 내 젊은 시절의 한 사건으로 인해 전혀 다른 방향으로 흘러가게 된 내 인생은 폭풍우가 휘몰아치던 강을 건너 바다로 흘러들었다.

졸지에 귀한 아들을 잃은 채일병 부모님의 마음이 알알이 내 마음에도 새겨 졌다. 어머니의 극구 만류에도 해병대를 지원하면서 대한민국의 멋진 남자로 돌아오겠다던 채일병의 안타까운 죽음이 더욱 가슴을 얼얼하게 만든다. 이래저래 장맛비는 소강상태를 보이지만, 주말부터 다시 폭우가 쏟아진다고 하니 두 번 다시 통곡이 세상 밖으로 흘러나와서는 안 되겠다는 간절한 마음으로 두 손을 모아본다..

2023.7.20. 운해 김종억 글

내 삶을 응원한다

한여름을 건너가는 7월의 중순인데, 장마가 아닌 여름비가 밤새도록 창문을 두드린다. 폭포처럼 쏟아지는 비는 더위를 잠시 주춤하게 하지만 그 뒤에 감춰진 삼복의 무더위가 비 그치는 순간에 쏟아질 것을 생각하면 그다지 상쾌하지만은 않다.

아침까지 세차게 두드리던 비가 먼동이 터오는 먹구름 하늘에 잠시 소강상태를 보이자 창가에는 빗소리 대신 참새들이 에어컨 실외기 공간에 앉아 소란하게 아침을 노래한다. 참새들은 어젯밤 그 빗속에 어디서 오돌오돌 떨면서 하룻밤을 머물렀을까 하는 생각과 그럼에도 이렇게 소란한 지저귐이 고맙기도 하다. 참새들의 상쾌한 **짹짹거림**을 들으며 살포시 잠에서 깨어났다.

어제는 삼성서울병원에 정기 검진받으러 갔다. 어느 날 문득 나에게 다가온 뇌경색에 허둥대던 때가 벌써 8년이나 흘러갔다. 새벽 5시에 일어나 부지런히 병원에 들러 혈액채취를 하고 돌아왔다. 이른 아침인데도 병원에는 많은 사람으로 북적인다. 각양각색의 사람들이 우울한 표정으로 복도를 메우고 지나간다. 병원에 와보면 아픈 사람이 왜 그리도 많던지, 생로병사의 생생한 현장을 고스란히 목격할 수 있다. 대부분, 자녀로 보이는 젊은 사람들이 휠체어를 밀거나 부축을 받아 각자의 갈 길을 가고 있었다.

정기검진은 오전 11:40에 예약되어 있었으니 혈액채취가 끝나자 곧

바로 집으로 와서 아침 식사를 하고 내가 활동하는 당구클럽으로 발길을 옮겼다.

세찬 비는 오락가락 발걸음에 걸려 불편하긴 했지만, 하루를 살아내는 내 삶의 일부라고 생각하면서 가벼운 마음으로 발걸음을 옮긴다.

당구를 치는 동안에 카톡 메시지가 떴다. 내가 매주 5회씩 돌봐드리는 어르신의 아들한테서 온 메시지 내용은 오늘 어르신을 모시고 잠실에 있는 비뇨기과 병원에 들러주었으면 좋겠다는 부탁이었다.

11시쯤에 당구장을 나와 병원으로 향했다. 예약시간에 맞추어 마주한 주치의는 내가 처음 뇌경색으로 허둥거릴 때, 진료하던 정종원 닥터다. 반갑게 맞이해 주는 그와 인사를 나누고 아침에 채취한 혈액검사 결과 설명을 들을 수 있었다.

사실, 뇌경색 발병 이후 회복과정에서 보인 나의 피나는 노력과 처절한 싸움을 지켜본 그는 늘 나를 볼 때마다 이심전심의 아낌없는 응원을 보내고 있음을 느낌으로 알 수 있었다.

왜냐하면, 뇌경색 발병 이후 내 생각도 더욱 적극적인 성격으로 바뀌었고 매사를 긍정적으로 보기 시작했다. 발병 후, 채 1년도 안 돼서 지리산 3박 4일 종주 산행을 하였고, 요양보호사 자격증 시험에 응시하여 나처럼 뇌경색으로 반신, 또는 전신 마비 환자들을 돌보고 있었기 때문이다. 그게 벌써 7년째 이어지고 있었다. 자격증 취득 후, 경험 삼아 3개월만 해보겠다던 요양 보호 활동이 대상자들의 간절한 요청을 거절할 수 없어 어느새 7년째 일을 하고 있다.

7년 동안 그들의 곁에서 보고 겪었던 그들의 삶은 외롭고 힘들 뿐만 아니라 결코 행복하지도 않았다. 환자 본인은 물론이고 이들을 병간호

하는 가족들도 그 순간부터 자신의 삶을 내려놓고 환자와 함께 하는 매우 어려운 삶을 살아야 했다.

그들의 파란만장한 삶의 이야기를 2024년 12월에 '황혼의 소풍'이라는 한 권의 책으로 엮어 세상에 내놓았다. 다섯 번째 수필집이었다. 환자들의 삶의 현장에서 직접 보고 느꼈던 그들의 심리적인 변화와 가족의 이야기를 책에 담았다.

지금까지 다섯 권의 수필집과 한 권의 시집을 발간했는데, 뇌경색 발병 이후 두 권의 수필집과 한 권의 시집을 세상에 내놓았다. 시인, 수필가, 사진작가로 꾸준히 활동하면서 20204년도 12월에는 문학평론가로 등단을 하고 열심히 활동하고 있다.

책을 낼 때마다 정종원 주치의와 공유를 하면서 더욱 나에 대한 신뢰와 믿음의 시선을 보내주었고 나는 그에 용기를 얻어 더욱 열심히 살아가는 동력을 얻었다. 정종원 주치의는 검사결과를 설명하면서 모든 게 좋은데, 그중에 몇 가지는 지난번보다 나빠졌으니 주의하라는 얘기를 해주었다. 또다시 6개월간의 나와의 싸움이 시작됐다. 소박하지만 작은 꿈을 접어 가슴에 넣어두고 또다시 6개월간의 나만의 삶을 살아야겠다는 굳은 결심을 하면서 어르신 집으로 발길을 옮긴다.

취미로 시작한 당구는 시간이 지나면서 서울시 당구연맹에서 주관하는 디비전 리그 선수로 출전하다가 우연한 기회에 심판자격증을 취득해서 심판으로 활동을 했다. 지난해부터는 디비전 리그를 주관하는 디렉터로 활동하고 있다.

내 삶의 끝이 어디일지는 모르겠지만, 사는 그날까지 나만의 소박한 꿈을 가지고 도전은 계속될 것이라는 다짐을 늘 하면서 산다.

(2025.7.19)

노을이 더 아름다운 이유

　며칠 전에 고향의 모임이 있어 지하철을 타게 되었다. 주말 오후 시간대에 혼잡하다고 소문난 9호선을 타게 되었는데, 정말 복잡했다. 될 수 있으면 급행열차를 기다리다 보니 금세 사람들이 길게 줄을 늘어섰다. 그런데, 슬그머니 맨 앞쪽으로 가서 새치기하는 할머니를 보았다. 사람들의 눈살이 찌푸려진다. 나 자신이 시니어의 길을 가고 있지만 줄 서서 기다리고 있는 젊은이들에게 미안했다. 왜 그랬을까? 하지만 지하철을 이용하다 보면 종종 볼 수 있는 현상이라 쓸쓸해진다.

　나는 며칠 전 자전거를 타다가 어깨 인대에 문제가 생기는 바람에 병원의 처방대로 어깨 팔걸이를 하고 다녀야 했다. 팔걸이를 한 채, 가까스로 전철 안으로 밀려들어 갔는데, 그 복잡한 와중에 노인 한 분이 얼른 자리를 양보해 주었다. 극구 괜찮다고 사양하는 나에게 자신은 다음 역에서 바로 내린다는 말을 하면서 양보해 주셨다. 감사했지만 미안했다. 그런데, 어쩌다 두 정거장을 지나도 그 노인은 문 앞에서 계셨다. "아하~ 내가 미안해할까 봐 그러셨구나" 하는 생각이 들자 고마웠다. 어르신의 인자한 얼굴이 자꾸만 떠오른다.

　요즘처럼 사회적으로 노소 갈등이나 노노 갈등이 심화된 적이 아마도 그리 많지는 않을 것이다. 정치적 사회적으로 심화되어가는 갈등에 편승해 사회 전체에 물들어가고 있는 노소 갈등의 모습은 절대 밝지가 않다. 동방예의지국이라고 하여 예를 존중하던 옛 모습은 점차 사라져가고 노인들은 그저 뒷방늙은이 정도로 생각하는 사회 분위기가 기가 막힌다. 하지만 그렇게 되기까지의 과정에서 과연 사회의 어른이라고 불리는 노인들의 모습은 당당했는가?

그럴수록 각자의 위치에서 자기 생각이나 행동을 돌아보는 시간이 필요하지 않을까 하는 생각을 해본다. 특히 노소의 갈등은 노인을 공경하는 사회가 무너지고 노인을 무시하고 폄훼하는 단계로까지 이어졌는데, 그렇다고 해서 모든 노인이 다 그런 것은 아니다. 그러니 무조건 나이 들었다 하여 '노인은 꼰대'라는 식의 도매금으로 몰아세우는 행태는 더더욱 갈등을 고조시키고 노인들의 설 자리를 잃게 만들지도 모른다.

"대한민국 노인들은 지금 현재 행복한가?"라는 질문에 "그렇지 않다"라는 답변이 우세하다고 한다. 실제 노인 자살률과 노인 빈곤율은 여전히 OECD 국가 중 1위를 차지하고 있는 것이 대한민국의 현재 실태다. 서울 종로에 나가면 노인천국이다. 탑골공원이나 종묘공원을 중심으로 많은 노인이 그곳을 배회하고 있다. 요즘에는 잘 조성된 종묘공원에 많은 노인이 그룹을 지어 시간을 보내고 있다. 대부분, 장기 또는 바둑을 두거나 끼리끼리 모여앉아 열악한 안줏거리에 소주잔을 기울이고 있는 모습을 쉽게 찾아볼 수 있다. 물론 여가를 보내기 위해 찾는 이들도 있지만, 자세히 들여다보면 이들도 빈곤 노인층에 속한다.

지하철에 타고 있는 노인들의 모습을 보면 다 그런 건 아니지만 대부분의 표정이 어둡다. 무슨 사연이 있는지 일일이 다 알 수는 없지만, 그냥 표정이 무겁고 어둡다. 가뜩이나 짙은 주름으로 찌그러진 얼굴에 미소까지 잃은 채, 무표정한 모습을 보면, 보는 사람에게 유쾌하지만은 않다.

얼굴은 인생의 성적표라고 하는데, 늙을수록 얼굴에는 웃음기가 사라지고 있는 것이 현실이다. 이만큼 살아왔으니 마음도 이만큼 넓어지고 따뜻해졌다는 것을 우리는 얼굴의 표정으로 말할 수 있어야 한다.

베푸는 마음, 사랑하는 마음만이 멋지고 아름답고 우아하게 늙어가는 모습을 표출할 수 있다고 한다. 늘 불평과 반대, 의심하고 경쟁에 집착하는 것은 인상을 안 좋게 만들고 흉하게 늙어가게 만든다고 한다.

"법륜스님"은 "잘 물든 단풍은 봄꽃보다 예쁘다."라고 했다. 봄꽃은 예쁘지만 떨어지면 지저분해진다. 그래서 주워 가는 사람도 없지만 잘 물든 단풍은 떨어져도 사람들의 시선을 끌뿐만 아니라 좋아하는 사람들은 그것을 주워 책갈피에 끼워 오래 간직하기도 한다. 그래서 잘 물든 단풍은 봄꽃보다 예쁜 거라고 한다. 즉 잘 늙으면 청춘보다 아름다운 황혼黃昏을 만들 수 있다는 것이다.

황혼이란 말은 원래 석양이 "질 때" 펼쳐지는 "노을"과 어스레할 때까지의 아름다운 자연 현상을 표현할 때 흔히 사용된다. 특히 한여름 천둥 치고 비바람이 몰아친 후 구름 사이로 부챗살처럼 퍼져 나가는 석양은 더더욱 아름답다.

젊은 시절에 미처 태우지 못한 열정을 인생의 끝자락에서 아낌없이 태워버리는 일이야말로 절절하도록 아름답지 않겠는가? 그러니 동녘 하늘에 붉게 타오르는 태양보다는 마지막 한 줌까지 남기지 않고 불태우려는 석양이 더 아름답다는 것이다.

인생의 황혼기도 그렇다. 절절히 빛나는 황혼은 고통을 이기고 자신을 이겨온 자만이 누리는 아름다움이니까. 고통 없이 주어지는 건 대부분 가치가 떨어진다. 고통 뒤에 숨어있는 축복의 빛줄기를 보는 자만이 진정 감사를 느낄 줄 안다.

황혼의 아름다움은 쉽게 생기지 않는다. 나이를 먹는다고 저절로 생기는 것이 아니라 아픔을 견디고서야 생긴다.

언제나 밝고 유쾌한 분위기를 만들고 유지하는 것이 좋다. 지혜롭고 활달한 노인은 주변을 활기차게 만든다고 했다. 짧으면서도 의미 있는 지혜의 언어를 구사하고 독창적인 유머 한 가지를 곁들일 수 있다면 더 바랄 것이 없다. 회회 탈처럼 웃을 수 있는 여유와 아량이 황혼을 더욱 붉고 찬란하게 만들 수 있으니까.

가을편지

여름의 뜨거움이 한풀 꺾이고, 선선한 바람이 얼굴을 간질이는 계절, 가을이 왔다. 대지는 제 색깔로 갈아입고, 하늘은 한없이 높아져 그 푸른빛에 마음마저 씻겨 내려가는 듯하다. 이토록 고요하면서도 찬란한 계절이 오면, 나도 모르게 잊고 지내던 소중한 이들에게 마음의 편지를 띄우고 싶어진다.

그리워 편지를 쓸까 생각해 보니 종이 편지를 썼던 기억이 아스라해 그저 생각만 하다가 잊어버렸다. 1970년대 초반에 까까머리로 군에 입대하였는데, 빡세기가 둘째가라면 서러워할 그곳에서 난 가끔 받아보는 종이 편지 덕분에 막막하던 세월을 잘 버틸 수 있었다.

입에서 단내가 나도록 하루의 고된 훈련을 마치고 파김치가 된 몸을 침구 속에 뉘이면 처량한 취침 나팔소리가 그렇지 않아도 쓸쓸하던 심장의 뿌리를 건드려 남몰래 눈물 한 방울 떨구던 그 시절이었다. 떠나온 고향과 부모님이 그립기도 하거니와 고된 훈련이 버거워 슬그머니 눈물로 베갯잇을 적신 적이 있었다.

어느 날, 고된 훈련중에 편지 한 통이 날아왔다. 고향에 있는 동생이 쓴 편지인데, "형님, 고된 훈련 잘 견디고 계시는 거지요? 어젯밤 우리 집에 경사가 났어요. 우리 집 어미 소가 송아지를 낳았거든요. 부모님이 경사라고 무척 좋아하셨어요" 그렇게 시작된 편지는 그렇지 않아도 횡한 마음에 기름을 부었거든.

내 소중한 마음을 멋지게 전달하고자 밤새 썼다가 지워버리고 또 썼다가 찢어버리기를 수도 없이 했던 그 시절은 파랗다 못해 눈이 부시도록 팔팔하던 젊음이 온통 내 안에 넘실거렸는데, 이제는 그 세월 뒤로 한 채, 그리움만 켜켜이 쌓여가고 있다.

그리움 달래보려고 무작정 누군가에게 편지를 쓰려고 하니, 얕은 의식의 저편에서 무디어진 내 손을 붙잡아 세운다.

그래도 가을의 초입初入에 누군가에게 편지를 쓰고 싶다는 생각을 해본다. 멀리 지나간 세월을 반추하며 흘러간 누군가에게 내 마음을 전달하는 마음의 편지를 쓰고 싶다.

가을은 왠지 서늘한 느낌이 가슴속을 파고드는 계절, 더불어 쌓여가는 인생의 계급장 앞에 내 마음은 한없이 나약하게 물들어간다.

비록, 미완성의 편지일지라도 나는 오늘 하얀 종이 편지를 내 마음 속에 쓰려고 시도해본다.

가을편지는 어쩌면 말이 아닌 침묵의 언어일지도 모른다. 단풍이 물들어가는 나뭇잎 하나하나에, 밤하늘에 총총히 박힌 별빛 하나하나에, 그리고 멀리서 들려오는 풀벌레 소리 하나에도 못다 한 이야기와 그리움이 담겨 있다. 스산해지는 공기 속에서 우리는 자연스레 내면을 들여다보게 되고, 지나온 시간을 돌아보며 누군가를 생각하게 된다. 그때의 편지는 그저 종이 위에 쓰인 글자들이 아니라, 온 마음을 담아 건네는 따스한 숨결 같은 것이 아닐까.

혹자는 가을편지 속에서 외로움을 발견하기도 한다. 하지만 그 외로움조차도 가을의 풍경 속에서는 하나의 아름다운 서정시가 된다. 방황하던 마음이 가을빛에 물들며 더욱 깊어지고, 소외되었던 감정들이 고요히 정화되는 시간. 가을편지는 그래서 더욱 솔직하고, 순수한 마음을 담게 된다. 맑고 드높은 하늘 아래 곱게 물든 단풍처럼, 우리의 마음도 가을 앞에 서면 가장 선명하고 아름다운 모습으로 드러나는 것 같다.

가을편지의 수신인은 반드시 타인일 필요는 없다. 어쩌면 바쁜 일상에 치여 잊고 지냈던 '나 자신'에게 보내는 편지일 수도 있다. '그동안 잘 지냈는지, 많이 힘들지는 않았는지' 묻는 물음 속에 스스로를 보듬는 따스한 위로가 담겨 있을 것이다. 혹은 한 해 동안 우리 곁을 지켜준 자연에 보내는 감사의 마음일 수도 있겠지. 편지를 쓰는 행위는 결국, 우리 마음속에 잠들어 있던 순수한 감정들을 깨우고, 그것을 통해 치유와 성장을 경험하는 과정이니까.

이 가을, 조용히 펜을 들어 마음속 깊이 담아둔 편지를 쓰고 싶다. 가을편지는 사랑과 그리움, 그리고 따스한 위로의 마음을 전하는 가장 아름다운 방법이 아닐까 생각해 본다.

가을 편지

문득 불어온 바람결에 마른 낙엽 스치는 소리
사각거리는 낮은 속삭임이 어쩌면 가을이 보내는 편지

하늘은 더욱 투명하게 푸르고 산등성이는 붉고
노란 물감으로 새록새록 새로운 옷 갈아입듯

자연은 고요히 마음을 적어 내려네

한 해의 수확과 깊어진 사색
지나온 시간의 발자취 위에 못다 한 이야기
조용히 펼쳐두고 밤하늘 별들에게 묻는 그리움

무엇을 적을까,
누구에게 보낼까 묻지 않아도
이미 전해지는 마음 계절의 끝자락,
쓸쓸함 너머 소리 없는 위로 건네는 숨결

내 안에 차곡차곡 쌓이는 풍경들 쓸쓸함조차
아름다운 선율로 변해 텅 빈 마음에 희미한 등불 밝히니
이 또한 가을이 건네는 따뜻한 편지.

날마다 부활

지난밤은 지나간 시간으로 돌리고 찬란하게 찾아오는 아침을 맞으면서 나는 매일같이 부활한다는 생각을 해본다. 아침을 맞이하는 것은 화창하든 흐리든 비가 오든 맑든 놀라운 축복이다. 그것은 나에게 또 다른 삶을 시작하고 새로운 시간으로 이어갈 수 있기 때문이다.

어제는 내가 일하는 요양 보호에 관한 보수교육에 참석했다. 2년에 한 번씩 보수교육을 통해 요양 보호에 관한 새로운 지식이나 직무 스트레스에 대한 인식과 대처를 하는 교육이다. 나이 들어 8시간 꼬박 책상에 앉아 교육을 받는다는 것도 결코 쉬운 일은 아니었다. 부슬부슬 봄비가 내리는 거리를 헤치고 교육장에 도착했다.

교육장에 도착해보니 많은 요양보호사 선생님들이 도착해 있었다. 그런데, 놀랍게도 그분들의 나이가 많다는 것을 한 눈으로 봐도 알 수 있었다. 대부분이 60대를 넘어 팔십이 훌쩍 넘은 선생님도 계셨다. 요즘은 가족 요양이라는 게 있어 배우자 중에 한 사람이 아프면 아프지 않은 배우자가 요양보호사 자격증을 취득해서 가족 요양을 하는 사회적 제도가 있다.

고령 계층이 급속히 증가하고 있는 고령화 사회에서 노노케어(老老 care) 프로그램은 노인 돌봄 서비스 확대 및 노인 일자리 창출 등 노인 복지의 새로운 대안으로 주목받고 있다. 신체적 정신적으로 건강한 노인이 거동이 불편한 노인이나 독거노인을 돌봄으로써 노인들이 상호 정서적 유대감과 자존감을 느끼고, 경제적 부담을 줄이는 효과를 거둘 수 있기 때문이다. 돌봄 서비스 제공에 참여하는 노인들은 자신이 사회에 긍정적 역할을 할 수 있는 존재라는 인식을 주어 스스로 자존감을 느끼게 된다. 이를 통해 노년기에 부딪히게 되는 사회적 역할 상실에 따른 우울감과 사회 활동에 참여함으로써 삶의 활력을 되찾을 수 있다.

나는 우연히 요양 보호 일을 시작한 후, 어느새 6년이라는 세월을 그분들의 삶을 들여다보면서 요양보호사로서 직무수행을 이어왔다. 결코, 쉽지 않은 시간과 사연들이 농축된 삶이었다. 결국, 작년 말에는 그분들과의 6년 동안 겪은 일을 '황혼의 소풍' 이라는 한 권의 책으로 출판하기도 했다.

때로는 직무 스트레스가 우울감을 줄 때도 있었지만, 그분들의 삶 속에서 귀중한 교훈을 얻어 인생의 자양분으로 쓸 수 있는 소중한 시간으로 축적하기도 했다.

어제는 크리스챤에게는 특별히 의미 있는 날이기도 했다. 예수그리스도 부활 대축일이었기 때문이다. 집에서 조용히 쉬다가 저녁에 부활절 전야 미사에 참석하는 게 일상이었는데, 아쉽게도 이른 아침부터 교육에 참여하여 꼬박 8시간 동안 책상에 앉아 강의를 들었다. 솔직히 강의가 특별히 재미있는 내용도 아니라 지루하기도 하고 슬며시 짜증도 올라왔다. 그러나 점심 식사를 마치고 다시 강의장으로 들어섰을 때는 차분히 안정된 상황에서 같은 일에 종사하는 선생님들과 정보도 교환하면서 의미 있는 시간을 보내게 되었다.

참으로 묘하다. 인간에게는 어떤 상황에서든지 적응하는 능력을 조물주께서 선물로 주셨나 보다. 낯선 환경에 적응하는 시간은 개인별 차이가 있겠지만 꽤 시간이 걸리게 마련이다. 처음엔 길도 헷갈리고, 사람들과 어울리기도 쉽지 않다. 하지만 시간이 지나면서 그 상황에 점점 익숙해지고, 결국 적응하기 마련인가 보다.

나 역시 그러한 상황에서 처음에는 서먹했지만, 시간이 지나면서 빠르게 적응을 하고 나니 서로 간의 케어경험을 통해 동질성 회복으로 좋은 시간을 보내게 되었다.

여덟 시간의 교육을 마치고 나니 이제는 서로 간의 친밀감도 생기고 가족 요양을 하시는 선생님께서 당신의 남편을 나에게 특별히 부탁하는 얘기도 나왔다. 그러나 나는 이미 한 분의 어르신을 케어하고 있으니 그저 웃음으로 때워 넘기고 말았다.

하지만, 칠십 고개를 굽이굽이 넘어가는 나에게 아직도 누군가를 도와줄 수 있는 시간과 건강이 있다는 것은 축복 중의 축복이 아닌가 하는 생각을 해보는 하루다.

당연한 것과 특별한 것

어느덧 을사년 3월 말이 다가왔다. 춘삼월이 돌아왔지만, 세상은 봄과 겨울을 상시로 왔다 갔다 하니 마음은 스산하기만 하다.

매일 아침 이어폰을 꽂고 들리는 지하철의 전동음. 발밑에서 울려 퍼지는 레일의 진동은 출근길의 박자로 익숙하다. 그런데 어제는 문득, 이 소리가 1890년 런던 지하에서 최초로 울려 퍼진 기적소리와 닿아 있음을 깨달았다. 우리가 밟고 서 있는 이 철판들 속에 수백 년의 기술이 응축되어 있다는 사실을, 왜 지금까지 몰랐을까.

슈퍼마켓 진열대에 놓인 사과 한 알의 표면을 손가락으로 훑을 때마다 생각난다. 이 과일이 뉴턴의 머리를 때린 그 중력의 법칙을, 지금 내 손바닥이 다시 증명하고 있다는 것을. 빨간 껍질 아래에 숨은 당도는 지구가 태양을 도는 각도에서부터 시작된 광합성의 산물인데, 우리는 그저 '단맛'이라고만 부른다..

지하주차장에서 자동차 키를 꺼내들며 문득 서 있다. 이 작은 금속 조각이 전자기파를 타고 차량과 대화한다는 사실이 신기하게 느껴진다. 열쇠구멍 대신 무선 주파수로 문을 열어주는 기술이 내 손안에 있다는 것이, 어느 순간부터는 당연해져 버렸다.

비가 오는 날 우산을 펼칠 때마다 생각나는 것이 있다. 18세기 영국에서 처음 발명된 이 접이식 구조물이 지금 내 손에서 첨단 나일론 소재로 빗방울을 막고 있다는 사실. 우산을 만든 모든 발명가들의 영혼이 이 천 위에 배어 있는데, 우리는 그저 '비 막는 도구'라고만 부른다..

할머니 댁 상추쌈을 먹으며 입안 가득 퍼지는 쌉쌀함에 멈춘다. 이 맛은 공룡이 지구를 배회하던 시절부터 진화해온 식물의 방어수단이었다는 것을, 그 쓴맛 속에 수억 년의 생존전략이 응축되어 있다는 것을. 우리는 그저 '상큼한 맛'이라고 말한다..

잠들기 전 스마트폰 알람을 맞추는 손가락이 공중에 멈춘다. 이 기기가 타임존을 자동으로 조정하는 것은 인공위성 군집과의 교신 덕분이라는 사실을, 지구 자기장을 읽어 자동 회전하는 디스플레이 한 장 속에 인류의 천문학적 성취가 들어있다는 것을. 우리는 그저 '편리함'이라고 말한다.

창문 밖을 수놓은 별빛을 보며 문득 깨닫는다. 내 눈동자에 맺힌 빛 입자가 수백 광년을 날아온 시간 여행자들이라는 것을, 그 광자 하나에 우주의 역사가 새겨져 있다는 것을. 우리는 그저 '밤하늘의 반짝임'이라고 말한다..

당연함은 인류가 쌓아올린 기적의 층위다. 매 순간 우리는 선조들이 피땀으로 일군 기술의 정수와 우주가 138억 년 동안 갈무린 물리법칙을 손안에 쥐고 산다. 지구라는 우주선의 한 객실에서, 우리는 이미 수천 개의 기적을 일상 속에 품고 살아간다. 진정한 특별함은 눈부신 것들이 아니라, 이렇게 우리를 둘러싼 당연함의 정체를 보는 데서 시작된다.

오늘도 장애아들과 비장애아들이 함께 예배를 드리는 중, 고등부

주일학교 미사에 참례했다. 보편지향 기도 시, 그들의 어눌한 발음은 도무지 무슨 말인지조차 인지하기 어렵지만 한글자 한글자 또박또박 떼어 읽어내려가는 그들의 표정은 자못 진지하다. 내용은 몰라도 그들의 간절한 표정은 이미 전하고자 하는 워딩을 넘어섰다. 그들의 몸짓 하나하나에 불안정한 언어와 섞여 있으면 왠지 모르게 답답하다는 느낌을 지울 수 없었는데, 시간이 지남에 따라 나도 모르게 동화되어 그들의 삶을 이해하려고 노력하고 있음을 알 수 있다.

당연한 일상이 이들에게는 특별한 것이니 일상을 장애 없이 살고 있는 나는 그저 감사할 뿐이다. 투덜대고 불평불만을 일상처럼 달고 사는 우리는 한 번쯤은 당연한 것을 특별하게 살아가는 사람들을 생각하며 분에 넘치는 감사를 깨달아야 할것이다.

보릿고개 시절 생일날 쌀밥 한 그릇이 특별했고, 명절에 생선 한 토막이 특별했었다. '더도 말고 덜도 말고 한가위만 같아라'라는 말이 생긴 것에도 이유가 있는 것 같다. 이 말은 한국의 전통 명절인 추석, 즉 한가위의 풍성함을 기리며 나온 덕담이다. 한가위는 가을 수확의 절정기이자, 가족들이 함께 모여 풍요로움을 나누는 명절이다. 오늘날에도 "더도 말고 덜도 말고 한가위만 같아라"라는 말은 여전히 유효하다. 사람들은 바쁜 일상 속에서 한가위와 같은 평화롭고 여유로운 시간을 기대한다. 이 말은 현대 사회에서 일상 속에서 작은 행복을 발견하고, 그 순간을 소중히 여기는 것이 얼마나 중요한지를 상기시켜준다.

지금은 쌀밥 한 그릇 생산 토막이 특별한 것이 되지 못하는 것은 그것이 일상이 되었기 때문일 것이다.

오늘 아침, 창문을 열며 문득 생각이 났다. 평소처럼 들려오는 새소리와 바람결이 왠지 정겹게 느껴졌다. 아침밥을 준비하기 위해 아내가 주방에서 달그락거리는 소리가 평범한 아침을 깨우는 순간, 나는 특별한 행복을 만끽하고 있다. 아직도 나를 위해 아침 일찍 일어나 밥을 짓고 반찬을 만드는 손길이 있다는 것이 평범한 일상이지만 왠지 모르게 특별한 선물처럼 느껴지는 것은 왜일까?

외출 길에 만난 할머니 한 분이 계단에서 힘겹게 오르시는 모습을 보며 손을 내밀었다. 그 작은 도움에 할머니의 미소가 내게는 하루를 빛나게 했다. 당구장에 앉아 커피 한 모금을 마시며, 이 평범한 일상이 실은 얼마나 귀한지 깨달았다.

평범하지만 특별하게 살아가자고 뜻을 모은 친구들이 한 달에 두어 번씩 영화를 보러 간다. 비록 바쁜 일상이긴 하지만 좀 더 여유로운 노년의 삶을 살아보자는 뜻으로 모였다. 사실, 한창 젊은 시절에는 가족을 부양하고 먹고 살기 위해 발버둥 치던 시절이 있었다. 그때는 언감생심 영화를 보러 가는 생각은 아예 뒷전이었다. 이제야 비로소 삶의 여유가 생겼다고 생각하니 그동안 못해본 것들을 해보고 싶은 충동이 일었다.

영화를 보고 나와서 특별한 동동주 곁들인 저녁 식사를 하는 중에 동료와 나눈 평범한 대화 속에서도 서로의 이야기가 교차하며 새로운 깨달음을 주었다. 지하철 안에서 피로한 기색이 역력한 직장인들 틈에 끼어 집으로 돌아오는 길은 일상적인 풍경이지만 오늘따라 특별하게 느껴졌다.

집에 들어와 신발장에 가지런히 놓인 가족들의 신발을 보며, 이 작은 것들이 모여 하나의 따뜻함을 이룬다는 걸 알았다. 잠들기 전 베개에 머리를 묻을 때, 오늘 하루의 평범한 순간들이 모여 특별한 기억이 된다는 걸 깨닫는다. 우리가 매일 마주하는 당연함 속에 진정한 선물이 숨어있음을, 오늘도 삶은 속삭인다.

　나보다 두어 살 위인 친구가 있다. 물론 연령적으로는 형님뻘이지만 그냥 친구처럼 지낸다. 그 부부는 1년에 두 번 정도 두 달을 기한으로 꼭 가고 싶은 해외로 여행 겸 두달살이를 떠난다. 평범한 사람은 어지간해서는 생각조차 할 수 없는 일이지만 그들은 때만 되면 떠난다는 전화와 함께 여행을 떠났다. 겨울에는 따뜻한 도시로 여름에는 시원한 곳을 찾아 떠난다. 난 그들의 평범하지 않은 일상을 무척이나 부럽게 느꼈다. 이번에는 인도 여행을 마치고 두어 달 만에 돌아와서 저녁을 먹자고 전화가 왔다. 막걸리 반주 곁들인 식사를 하면서 고국의 음식이 이렇게 맛있는지 몰랐다고 하면서 맛있게 먹는 모습을 보면서 고우나 미우나 내가 태어난 조국이 역시 최고가 아닐까 하는 생각을 해본다.

　그들은 인도 여행을 하면서 생각보다 음식이 입에 맞지 않아 고생을 많이 했다고 한다. 비록 여행을 떠나지는 못했지만, 지난겨울 정신없이 바쁘게 보낸 나로서는 나름대로 의미 있게 보낸 지난 시간이 일상의 행복이었음을 고백한다.

　일상의 작은 행복을 특별한 것에서 찾지 말아야 한다는 생각을 해보는 저녁이다. 이렇게 컴퓨터 앞에 앉아 오늘 하루의 삶을 반추해 보는 시간이 바로 특별한 행복이 아닐까.

(2025.3.3. 저녁에 운해 김종억)

노년의 아름다운 삶

— 액티브시니어, 다시 피어나는 봄날의 꽃

어느덧 시니어의 대열에 들어선 나는 지칠 줄 모르는 열정과 활동력을 발휘하면서 하루하루를 분주하게 살아간다. 엊그제는 서울시장배 당구대회에 심판으로 참가하여 참으로 열심히, 성심성의껏 그 임무를 완수하고 저녁에는 파김치가 되어 돌아왔다.

사실, 당구심판은 거의 젊은 사람들의 전유물처럼 되어있다. 20여 명의 심판들이 한 시간 전에 미리 모여 룰미팅을 하고 질의응답을 통해 심판수행에 관한 시뮬레이션을 하면서 준비했다. 아침 8시부터 시작하여 최종 결승전이 끝나 시상식이 끝난 시간은 오후 5시 가까운 시간이었다. 숨돌릴 여유조차 없이 이어지는 심판 활동에 점심 먹을 시간조차 없이 배달되어 온 김밥 한 줄로 허기를 달래야 했다. 그조차도 시간에 쫓기어 먹는 둥 마는 둥 하고 또 현장으로 가야 하는 아주 고달픈 하루였다.

모든 행사가 끝나고 근처 춘천닭갈비에서 심판 회식을 한다는 문자가 단체카톡방에 떴다. 사실, 처음 대하는 젊은 심판들과 어울려 술을 먹는다는 것도 그렇고, 영 마음이 내키지 않아 대화방에는 참석으로 표기해 놓았지만, 슬그머니 그냥 오려고 문을 나섰다. 예약된 음식점을 막 지나치려고 하는데, 누군가 뒤에서 "왼쪽으로 가셔야 합니다."하고 소리쳤다. 멈칫 뒤돌아보니 따라오던 젊은 심판 중에 한 사람이 내가 길을 잘 모르나 싶어서 그냥 가는 줄로 착각했는지 부르는 바람에 얼떨결에 회식 장소로 따라갔다.

그들과 함께 네 명씩 테이블에 둘러앉아 오늘 당구 시합에 관한 이야기, 일상의 소소한 이야기들로 꽃을 피운다. 서먹하던 마음도 어느새 봄눈 녹듯이 슬며시 녹아 그들과 함께 공감하면서 한 시간 반이라는 시간을 보내고 자리에서 일어났다.

사실, 같은 심판이지만 그들은 손자뻘 되는 젊은이들이다. 일흔을 넘긴 나이에 그들과 어울려 심판을 본다는 것은 작은 용기가 필요했다. 그러나 막상 부딪쳐 보니 충분히 할만했고 자신감도 생겼다. 또한, 소통의 어려움도 없이 그들과 어울릴 수 있었고 그들만의 세상을 잠시 들여다볼 좋은 기회라는 생각을 가질 수 있어 의미있는 시간이었다. 다행히 은퇴 후에 당구심판의 길에 들어선 또 한 분과 우연히 한 테이블에 앉아 많은 이야기를 나누었고 왠지 모를 친근함에 명함을 주고받으면서 다음을 기약했다.

내가 몸담은 당구클럽에는 연세 드신 분들 중에 당구를 잘 치시는 분들이 꽤 여럿이 계신다. 그분들에게 당구 시합이 있을 때마다 도전할 것을 권유하지만 고개를 가로저었다. 그분들의 생각은 노년은 더 이상 무엇을 좇거나 경쟁하는 시간이 아니라 오히려 자신과 조용히 대화하며, 세상과 느리게 걸으며, 소중한 사람들과의 만남에서 진정한 행복을 맛보는 시기라는 생각에 젖어 있는 듯했다. 가끔은 손주들의 웃음소리에 젖고, 친구의 안부를 묻는 전화 한 통에서 위로를 얻으며, 자연의 변화에 눈길을 주는 마음의 여유를 찾으려는 데 있는 듯 보였다.

살다보면 세월이 쌓여 어느덧 인생의 후반부에 접어들었을 때, 많은 사람은 '나이는 숫자에 불과하다'라는 말을 새삼 되새기게 된다. 바로 그들이 액티브시니어, 즉 활기차고 적극적인 인생 2막을 살아가는 이들이다. 그들은 단순히 나이가 많다는 이유로 뒤로 물러서지 않는다. 오히려 새로운 발견과 도전을 향해 두 팔 벌려 나간다.

아침 햇살을 받으며 가벼운 운동을 즐기는 모습, 친구들과 함께 문화 강좌에 참여하는 모습, 손자 손녀와 함께 추억을 만드는 모습 속에서 액티브시니어의 진정한 힘이 느껴진다. 그들은 자신을 아끼고 돌보며, 삶을 더욱 풍요롭게 만들기 위한 열정을 끊임없이 불태운다. 그들의 눈빛에는 젊은 시절 못지않은 빛남과 호기심이 살아 있다. 이제껏 쌓아온 경험과 지혜를 바탕으로 자신의 꿈을 다시 써 내려가는 그들의 모습은 한 편의 서정시와 같다. 고요하지만 힘차고, 차분하지만 열정적이다. 무엇보다도 그들이 품고 있는 삶에 대한 감사와 사랑은 주변 사람들에게도 따뜻한 울림이 된다.

액티브시니어란 단순히 나이를 넘어서 자신과 세상에 끊임없이 다가가고, 새로운 가치를 만들어 내는 존재다. 늙음이 아니라 다시 피어나는 봄날의 꽃과 같다. 바람에 흔들려도 꺾이지 않고, 햇살 아래서 더욱 빛나는 그들만의 이야기. 오늘도 그 이야기는 조용히, 그러나 분명하게 세상에 전해진다.

나는 오늘도 액티브시니어의 대열에 앞장서서 하루하루의 삶을 역동적으로 설계하고 펼쳐 나가려 노력한다. 내가 문인의 길에 들어선 지 어느덧 30여 년을 앞두고 있지만, 날마다 새로운 세상과 함께 호흡하며 시와 수필창작, 그리고 영상 제작과 당구 시합 디렉터 등의 활동으로 액티브시니어로서 끊임없이 나만의 세상을 만들어 나가고 있다.

우리 모두의 미래인 액티브시니어의 삶에 진정한 응원의 마음을 보낸다. 그리고 그들의 열정이 우리 모두에게도 닿아 삶의 매 순간 다시 한번 웃을 수 있기를 희망한다.

3. 가족 & 고향

아버지의 백합꽃 향기

— 언제부터인가 나에게도 아버지의 백합꽃 향기가 난다

호국보훈의 달 6월이다. 6월이 되면 나는 아버지의 향기가 무척 그리워진다. 5, 60년대 척박한 농촌에서 살면서 억척스럽게 농사일을 하시던 아버지는 여덟 자식을 낳아 오순도순 가정을 꾸리시면서 열심히 사셨다. 농사일의 고단함을 가정이라는 울타리를 버팀목으로 잘 견뎌내시던 아버지는 유난히 백합꽃 향기를 좋아하셨다. 마당 가 꽃밭에는 봄에서부터 가을까지 꽃이 지지를 않았다. 온갖 꽃 중에서 가장 사랑하셨던 꽃이 바로 향기가 좋은 백합꽃이었다.

芒種 때면 피기 시작하는 백합의 향은 온 집안을 진한 향기로 물들이고 집 앞 100m까지 퍼져 나갔다. 고된 농사일로 어둑해질 무렵에 지친 몸으로 돌아오시던 아버지는 마당 가에 피어있는 백합꽃 앞에서 한참을 머무르시다가 집 안으로 들어오시곤 했다.

아버지는 함초롬히 피어있는 백합처럼 늘 온화한 미소를 잃지 않으시던 분이셨다. 어린 나에게도 가슴속에 스며드는 꽃향기는 고향의 앞마당이었고 아버지의 너른 가슴이었다.

바닷가 근처에 살던 어느 날 밤, 거나하게 한 잔술에 취하신 아버지께서 나를 부르시더니 번쩍 들어 소 등에 태우셨다. 그런데, 나만 태운 게 아니라 내 뒤에 바짝 붙어 앉으신 아버지께서 냅다 소리를 지르면서 소를 몰기 시작했다.

"이랴 이랴!" "자~ 어디 어디로"

고삐를 놓았다 쥐었다를 반복하면서 달빛도 고운 바닷가 모래사장 길을 걸었다. 잔잔한 파도가 멀리서 서서히 육지를 향해 달려오고 저 멀리 등댓불이 반짝반짝 뱃길을 비추고 있었다.

내가 살던 그곳은 해당화 십 리 길이 자연스럽게 조성되어 한여름 내내 새빨간 해당화꽃이 만발하였으며 늦여름에는 빨간 해당화 열매가 열렸다. 어린 시절 동네 아이들과 함께 그곳에서 뛰어놀며 해당화 열매인 명감을 따먹고 캑캑거리던 시절이 있었다.

달빛마저 적막한 바닷가 모래사장 길에 부자父子를 태운 소는 힘에 겨운 듯 비척거렸지만, 아버지는 아랑곳하지 않고 소를 몰고 가셨다. 휘영청 밝은 달빛이 빨간 해당화 꽃잎에 쏟아지고 별빛조차 고운 모래 사장 길에 그림처럼 흘러가던 소 타기는 불과 10분을 넘기지 못했다. 빨리 가라고 재촉하시던 아버지께서 성에 차지 않으셨던지 소 양쪽 옆구리를 발로 걷어찼다. 그 순간에 가뜩이나 힘에 겨워하던 소가 갑자기 엉덩이를 번쩍 치켜들며 날뛰기 시작한 것이다.

한순간에 부자父子는 소 등에서 내동댕이쳐지면서 모래사장으로 굴러떨어졌다. 다행히 다치지는 않았지만, 부스스 일어나신 아버지께서 나를 일으켜 안으며 "괜찮냐?" 한마디 하시면서 미소를 지으셨다. 그 때에도 아버지에게서는 술 냄새 대신 아련한 백합꽃 냄새가 났다.

도시로 나온 나는 어렵게 고등학교 입학시험에 합격하고 입학금 때문에 고민하던 시간이 있었다. 집안 형편을 뻔히 알고 있는 내가 선뜻 입학금 얘기를 꺼내지 못하고 벙어리 냉가슴 앓던 어느 날, 아버지가 그 이자가 무섭다는 장리쌀 한 가마니를 지고 서울로 올라오셨다. 그

날 밤, 셋방에서 곤하게 코를 골며 주무시는 아버지의 얼굴을 바라보면서 나는 뜨거운 눈물을 흘렸다. 초로初老의 깊은 주름과 찌든 아버지의 얼굴은 백합꽃을 사랑하시던 그 시절의 아버지가 아니셨다.

세월이 흘러 형님이 군에 입대한 후, 첫 휴가도 나오지 못한 채, 전사 통지서를 받아든 아버지는 정신이 혼미해질 정도로 슬퍼하셨다. 한 번도 아버지의 눈물을 보지 못하고 자란 나에게는 충격이었다. 평소 근엄하시기만 하던 아버지는 나에게는 늘 오르지 못할 큰 산이었다.

부랴부랴 부대로 달려간 아버지는 말없이 누워있는 자식의 모습을 확인하고 나오면서 짐승처럼 울부짖었다. 아버지의 비통한 울음소리는 가족 모두의 애간장을 녹였다.

난생처음 듣는 아버지의 처절한 울음소리는 한순간에 혼돈의 소용돌이로 몰아넣었다. 아버지가 그토록 사랑하시던 백합꽃 한 송이를 형님의 영정에 놓으시면서 또 한 번 슬프게 울어대시던 아버지의 그 모습이 두고두고 가슴속을 적셨다. 아버지는 자식이 앞서가는 그 길에 피눈물을 흘리시면서도 어린 시절 마당 가에 흐드러지게 피어있던 백합꽃 한 송이로 마지막 배웅을 하셨다.

올해 6월 현충일에도 나는 백합꽃 한 다발을 사 들고 호국의 영령들이 빼곡하게 들어찬 동작동 현충원에 있는 형님의 묘지를 찾았다. 아버지가 사랑하시던 이십 대 초반의 형님이 그곳에 누워 계셨다. 세월에 등 떠밀린 나는 아버지의 옛 모습이 되어 형님 앞에 백합꽃 한 다발을 바쳤다. 다소곳이 고개 숙인 백합꽃이 바람에 고개를 갸웃하면서 아들과 상봉하는 순간이다. 청초한 백합꽃은 아버지의 냄새다. 이제 아버지의 나이를 살아가는 나에게도 아버지의 냄새가 배어 있나 보다. 언제부터인가 백합꽃 향기가 늘 내 주변을 서성이기 시작했다.

어머니의 새벽기도

올해는 유난히 산불이 자주 발생하여 가뜩이나 심란한 세상에 타들어 가는 산야山野를 바라보는 마음에 더욱 생채기를 냈다. 활활 타오르는 불길에 기름을 붓듯이 매일매일 우리를 슬프게 하는 세상사가 얄궂기만 하다.

요즘 정치인들이 그렇다. 500년 역사의 조선 시대에도 노론과 소론, 남인 북인 사색당파에 민초들이 겪는 고초는 뒤로한 채 허구한 날, 단 한 줌도 안 되는 권력다툼으로 나라를 통째로 왜구에 바치더니 요즘 상황은 그때 이상으로 정치인들이 이성을 잃어가고 있는 듯 보인다.

국민의 삶을 좀 더 윤택하게 만들고 나라 잘되고 걱정거리 덜어달라고 뽑아놓은 정치인들이 패거리 져서 당리당략에 국민은 안중에도 없다. 오히려 그런 정치인들이 국민 눈에는 더 걱정스럽게 보이니 아이러니하다. 그럼에도 불구하고 온갖 매스컴 시사프로그램에 나와 상대방을 힐난하고 헐뜯는 말 한마디 한마디에 역겨움조차 느껴진다. 더욱 화가 나는 일은 국민이 어려운 살림살이에도 한푼 두푼 바친 세금이 그들에게 세비라는 명목으로 적지 않은 금액이 지급된다는 사실이다. 그런 주제에 누구를 가르치려 드는 그 행태가 가히 한심스럽기조차 하다. '똥 묻은 개 겨 묻은 개 나무란다.'라는 옛 속담이 틀린게 하나도 없다.

천둥 번개, 세찬 바람과 비가 쏟아진다는 예보와는 달리 서울에는 어제부터 부슬부슬 봄비가 내리더니 밤새 쏟아졌나 보다. 창가를 두드리는 리드미컬한 빗소리가 자장가 연주처럼 귀를 간지럽히더니 오늘 아침에는 제법 많은 비가 쏟아진다. 우산을 챙겨 들고 새벽길을 나섰다. 늦지 않게 도착하려면 서둘러 아침을 먹는 둥 마는 둥 나서야만 한다. 비가 쏟아지는 날에는 왠지 마음 한쪽에 잠재되어 있던 추억이 소환된다. 오늘따라 103세 일기를 다하시고 하늘나라로 가신 어머니가 그리워진다. 어머니는 슬하에 여덟 자녀를 두셨다. 보릿고개를 넘기신 세대로 그 많은 자식을 거두시느라 행주치마에 물마를 날 없이 동동거리며 사셨다.

어머니 살아생전에 어쩌다 찾아뵙고 하룻밤 함께 잠을 청하는 날에는 자정을 훌쩍 넘긴 시간까지 어머니의 얘기 장단은 그칠 줄 몰랐다.
온종일 직장 일로 피곤이 밀려오는데. 어머니의 얘기는 그칠 기미가 보이지 않았다. 그러니 처음에는 얘기 장단을 맞춰 드리다가 자정을 넘기는 시간쯤에는 내려오는 눈꺼풀을 감당할 길 없어 건성건성 "예"라고 대답하다가 끝내는 스르르 잠에 빠져들곤 하였다.
깊은 잠, 꿈속에서 그리운 고향산천과 젊은 날의 어머니와 행복한 시간 속으로 달콤한 여행을 하다 보면 귓가에 기도 소리가 마치 이상한 주문을 외우는듯한 웅얼거림으로 들려왔다. 잠결에 겨우 들리던 웅얼거림은 반복되는 리듬으로 자꾸만 나의 의식 속으로 빨려 들어오더니 급기야 또렷하게 어머니의 기도 소리가 귀에 들어왔다.
어머니의 새벽 기도 소리는 낭랑하게 이어졌다. 어머니는 슬하에 여덟 자녀를 두었으니 그 자녀에서 퍼진 손주들이 꽤 많았다. 그런데, 그 많은 손자 손녀들의 이름을 빠짐없이 호명하시면서 그들에게 건강과

복을 달라고 축원하시는 것이다. 물론 당신 자녀들의 이름도 기도에서 빠뜨리지 않았다. 어머니 연세 아흔이신데, 어찌 그 아이들 이름을 하나도 빼놓지 않고 기억하시면서 그들에게 복을 비는 것일까? 참으로 사랑의 힘은 대단한 것이었다. 사랑하는 자녀의 자녀인 손자 손녀들에 대한 사랑의 힘이 그 기억을 놓지 않고 붙들고 계신 것이다.

그런 어머니가 8년 전 103세의 일기로 인생 소풍을 끝내고 하느님 품으로 돌아가셨다. 남들은 호상이라고 위로를 건넸지만, 자식으로서 슬프고 허전한 건 마찬가지였다. 내가 오늘까지 평범하게 잘살고 있는 것도 모두 어머니의 새벽기도 덕분이라는 생각이 늘 떠나지를 않는다.

나는 내 자식들과 그들의 자녀를 위해서 어머니처럼 간절한 기도를 해본 적이 있던가! 자식을 대하는 어머니의 마음은 세상의 그 어떤 위대함보다 더하다는 생각을 비 내리는 이 아침에 해본다.

이틀 후면 세상 모든 어머니를 기억하는 어버이날이다. 살아 계실 때에는 퇴근 후 붉은색 카네이션 한 송이 사 들고 부리나케 달려가던 시절이 있었는데, 이제는 세상에 아니 계시는 어머니이기에 그조차 할 일이 없어졌다. 이렇게 비 오는 날에는 자식 굶기지 않으시려 고추밭에 나가 고춧대를 건사하시거나 농작물을 돌보시다가 자식들 입에 따뜻하고 맛있는 음식 만들어 주시려고 고추 몇 개에 싱싱한 애호박 손에 따들고 들어오셔서 밀가루 반죽에 금세 맛깔난 칼국수를 끓여 내시던 내 어머니,

어머니 표 칼국수는 세상의 그 어떤 맛보다 좋았습니다.

"사랑합니다. 어머니!"

(2023.5.6. 김종억 글)

그리움의 먼 강을 넘어

어머니, 어젯밤 꿈속에서 어머니를 뵈었습니다. 단아하게 차려입으시고 생전의 모습과 똑같이 현관문으로 들어오시는 어머니의 얼굴에는 잔잔한 미소가 흘렀지요. 자나 깨나 그리움에 애달파 하던 나에게 어머니는 그렇게 목마름을 채워주셨습니다. 제가 말씀드렸습니다. "아니, 어머니께서 어떻게 오셨습니까? 제가 전철역까지 마중 나가려고 했는데, 제가 갈 때까지 기다리지 않으시고 어떻게 오셨습니까?" 그 와중에 저는 어머니가 지하철을 타고 오셨다고 생각했지요. 생시에 늘 제 차로 모시고 다니던 기억은 까마득히 잊어버렸나 봅니다. 그런데, 말입니다. 저는 어머니하고 할 얘기가 너무나도 많은데, 꿈이 깨어버렸습니다. 생생하고 아쉬운 마음에 가슴속이 서늘해졌지요. 다시 꿈속으로 들어가고 싶어 눈을 감고 애써 잠을 청해보았지만 그럴수록 제 의식은 또렷해지기만 했습니다.

제가 송파에 집을 새로 짓고 어머니를 모셔 왔을 때의 기억이 납니다. 어머니께서는 "집이 참 좋구나." 하시면서 따뜻하고 그윽한 눈으로 바라보시던 모습이 생각납니다. 그리고 어머님이 돌아가시기 몇 해 전에도 우리 집으로 한 번 모시고 왔던 적이 있었습니다. 낯선 병원에 입원하셔서 심장을 불 쇠꼬챙이에 데인 듯, 아파하시면서 오매불망 집을 그리워하셨지요. 그때 어머니께서는 잠을 이루지 못하시고 자꾸만 창문을 열어놓으라고 하셨어요. 어머니 침대 옆에 의자 세 개를 길게 이어놓고 잠깐씩 눈을 붙이던 저는 새벽녘에는 몰려드는 잠을 이기지 못하고 의자에 몸을 의지한 채, 결국은 잠깐 아주 깊은 잠에 곯아떨어졌습니다. 그 사흘을 견디지 못하고 말입니다.

어쩌다 어슴푸레한 의식이 돌아와 어머니를 올려다보니 어머니께서 침대 옆으로 고개를 축 늘어뜨리고 계셨지요. 그때는 정말 가슴이 철렁 내려앉았습니다. 초저녁에 가끔 창문을 열어놓으라고 하신 어머님 말씀이 가슴에 못을 박았습니다. 화급하게 몸을 일으켜 어머님을 흔들었더니 떨어뜨렸던 고개를 푸시시 일으키시며 "벌써 아침이 왔느냐?"고 물으셨지요. 아! 그때, 저의 심장은 쫄깃해져 아마도 순간적으로 호흡이 멈출 뻔했습니다. 너무나도 반가워서 말입니다. 어머니. 그 3일간의 짧은 외출이 우리 집에서는 마지막이었습니다.

어머니, 온 산에는 진달래꽃이 붉게 물들이고 춘정을 달래는 산새들의 지저귐이 깊어지고 있습니다. 어김없이 세월은 흘러 긴 겨울을 지나 봄의 중턱을 넘어가고 있는데, 텅 빈 마음 한구석이 알싸하게 젖어듭니다. 어머니께서는 유난히 꽃을 좋아하셨습니다.

'천사의 집'에 계실 때에 날씨가 좋으면 가끔 휠체어를 밀고 마당을 구경시켜 드렸던 적이 있었지요. 천사의 집 마당에는 여러 가지 꽃들이 함초롬하게 피어있었는데, 어머니께서는 그 꽃들을 좋아하셨습니다. "참 예쁘다."를 연발하시면서 말입니다. 햇살이 너무 눈부셔도 아랑곳하지 않고 마당을 구경하는 것을 좋아하셨습니다. 싱그러운 바람이 어머님 무릎담요를 펄럭이면 그제야 "춥다." 한마디를 하셨지요.

슬픔도 잠시, 망각의 늪을 지나온 지 1년이 다가오는데, 어김없이 찾아온 봄은 잠시 잊고 살았던 그리움이 다시 촉촉하게 깊은 내면의 상처를 건드리고 있습니다.

'엄마'라는 이름으로 살아주신 백 새해! 그 긴 세월을 고목古木과도 같은 그늘을 만들어 주셨던 내 어머니, 이 생의 안락한 그늘에 안주하던 나는 행복했습니다.

그런 어머니가 영원히 제 곁에 계실 줄만 알았습니다. 인간이라면 누구나 한번 왔던 길 다시 돌아간다는 것쯤이야 어찌 모르겠습니까마는 어머니는 오랫동안 제 곁에 머물러 주실 줄 알았습니다. 백 세 해를 사셨으니, 어머니는 자식들을 위해 충분히 살아주신 겁니다. 그 이상을 바란다면 그것은 부질없는 투정이고 욕심이었겠지요?

'언젠가는?' 이라는 단서가 붙었지만 '언젠가?'가 현실이 되어 어머니 돌아가시고 처음으로 맞이하는 이 봄은 문득문득 다가오는 그리움으로 가슴이 먹먹해집니다.

나도 이제 생의 모퉁이를 돌아 터벅터벅 어머니의 그 길을 걸어가고 있나 봅니다. 그 어머니의 나이에 들어서고 보니 가끔은 곁을 떠나 살고 있는 자식 생각, 자식 걱정이 문득문득 꿈자리를 사납게 하기도 합니다.

그것이 자식을 키우는 부모의 마음인가 봅니다. 어머니도 평생을 그렇게 사셨겠지요?

어머니를 보내드린 지 1년이 다가오고 있습니다. 봄꽃은 흐드러지게 피고 또 꽃잎을 지우고 있는데, 물안개 흐르는 드넓은 바다에 파도처럼 밀려오는 그리움, 그날의 추억에 젖어봅니다. 어머니의 고운 흔적에 머물러 봅니다.

"어머니, 내 사랑하는 어머니! 그립고 보고 싶습니다."

아버지의 강

장미의 계절 5월이 다가왔다. 매해 피고 지는 5월의 장미는 날이 갈수록 붉고 싱싱하게 줄기를 뻗어 꽃을 피워내고 있다.

특히 내가 살고있는 동네 공원이나 골목길을 따라 걷다 보면 붉은 장미가 유난히 싱그럽게 그 자태를 뽐내고 있다. 골목길 웬만한 집 담장에도 길게 목을 빼고 춤을 추는 장미를 볼 수 있다. 우리 동네 건너 말공원에도 장미는 흐드러지게 피었다. 그런데, 언제부터인가 장미는 오뉴월만 피는 꽃이 아니라 늦가을인 11월까지도 흐드러지게 그 자태를 뽐낸다. 아마도 고온다습한 지구의 온난화 현상 때문이 아닐까?

장미의 계절 5월은 가정의 달이다. 특히 5월 8일 어버이날에는 한 번쯤 낳고 키워준 부모를 생각하면서 빨간 카네이션을 선물한다. 선홍빛 흐드러지게 핀 장미를 보며 어린 시절의 5월, 부모님을 생각해 본다.

오늘도 운동 삼아 해 질 녘 동네 한 바퀴 운동 겸 산책길에 나섰다. 매일, 같은 코스를 반복해서 다니다 보니 골목 구석구석이 낯이 익다. 한 시간쯤 산책하다 보니 어느새 낯익은 도시에 땅거미가 내려앉았다.

만보계를 의식하면서 부지런히 걷는다. 매일 목표가 1만 5천 보이기에 어느 때는 이만 보를 훌쩍 넘기는 때도 있다.

어느 골목에 접어들었을 때, 5층 빌라의 주차장 구석에 어깨가 축 늘어진 노인이 검은 비닐봉지를 들고 서 있었다. 짐작건대 꽤 무게가 나가는 듯이 보였는데, 주차장에는 마침 봉고차 한 대가 헤드라이트를 켠 채 이제 막 주차하고 있었다.

노인이 왜 어두컴컴한 곳에 서 있을까?' 하는 생각을 하면서 무심결에 지나치려다 보니 주차를 마친 얼추 사오십 대로 보이는 남성이 그 노인에게 다가가면서 뭐라고 말을 걸었다. 걸음을 늦추면서 우연히 그 대화를 듣게 되었는데, 노인이 비닐봉지를 건네면서 하는 말,

"이거 네 엄마가 담근 김치인데, 한번 먹어보라고 가져왔다"

그런데, 그 아들뻘 되는 사람은 노인이 건네준 비닐봉지를 못마땅한 듯 받아 들고는

"집에도 반찬이 많이 있는데, 자꾸만 이렇게 가져오시면 이걸 어떻게 다 처리하겠어요. 결국, 버리게 되는데, 왜 자꾸만 가져오세요?"

약간은 짜증이 섞인 목소리였다.

상황으로 보아 그 노인은 아들네 먹으라고 집에서 담근 김치를 들고 1층 주차장 어두컴컴한 곳에서 아들이 퇴근하기만을 기다린 듯 보였다.

"앞으로 이런 거 가져오지 마세요"

단호하게 말하는 아들의 말이 서운할 법도 한데, 그 노인은 힘없는 목소리로 "그래 알았다." 대답하고는 뒤돌아 걸어가는데, 왠지 걸음걸이가 비틀거렸다. 등은 휘고 걸음걸이는 어정쩡하니 짐작건대, 여든 살은 족히 넘어 보였다.

그 모습을 먼발치서 보고 있노라니 왠지 가슴 한쪽이 불에 덴 듯 화끈하고 왠지 모를 서글픔이 밀려온다. 분명히 그 아들 집에는 며느리도 있을 터인데, 당당하게 초인종 누르고 전해주면 되지 않았을까? 그런데도 어두컴컴한 주차장 구석에 서서 퇴근하는 아들을 기다리던 아버지의 어깨는 한없이 가벼워 보였다.

한참을 걸어오다가 불현듯, 그 어르신의 근황이 궁금해서 오던 길을

되돌아 어르신을 쫓아갔다. 분명 걸음걸이로 봐서는 같은 동네 어디선가 살고 계시지 않을까 하는 생각을 하면서 따라가니 어르신은 불과 얼마 가지도 못했다. 주춤거리며 가시는 모습이 매우 연로해 보였다.

한 10여 분을 걸어가더니 어느 한 빌라로 들어섰다. 왠지 모를 측은지심에 따라가 보니 빌라의 지하로 조심조심 걸음을 옮기고 있었다. 지하 방에 불이 켜져 있는 거로 보아 아내가 김치를 싸서 영감님 편에 아들 집에 보내고 기다리는 듯한 모양새였다.

알 수 없는 허탈함이 밀려왔다. 이런저런 생각을 하면서 돌아섰다. 그 아들은 아버지가 기다리며 건네준 김치 보따리를 받으면서 꼭 그렇게 말해야만 하는 무슨 사정이 있었을까?

"아버지, 잘 먹을게요. 감사해요." 이렇게 말할 수는 없었을까? 비록 못 먹고 버릴 상황이 된다고 하더라도 연로한 부모의 정성을 봐서라도 따뜻하게 대답해 줄 수는 없었던 것일까? 김치가 든 검은 비닐을 건네주고 쓸쓸하게 돌아서는 아버지를 한참 동안 물끄러미 바라보던 그 아들의 모습도 마음에 걸렸다. 분명 무슨 사연이 있겠지.

같은 동네이니 언젠가 그 어르신을 다시 마주치면 자연스럽게 사연을 들어보고 싶다고 생각하면서 집으로 돌아왔다.

가정의 달 5월에 아버지라는 이름만으로도 그립고 눈물 나는 아버지. 부모님 공경하고 자식들 뒷바라지하느라 아등바등 허리 펼 날 없이 살아왔던 아버지 세대였다. 어느새 허리는 휘고 등은 굽어 바람이 불면 날아갈 듯 가벼워진 아버지. 힘들고 외로운 시대의 아버지, 고립감과 고독감으로 외로움의 극을 달리고 있는 아버지. 머지않아 다시는 돌아올 수 없는 강을 건너야만 하는 아버지의 모습이 곧 나의 모습 같아서 마음이 알싸하고 서글퍼지는 저녁이다.

가족家族

　나 세상에 태어나 많은 세월을 보내고 나니 나에게도 가족이 생겼다. 물론, 나만의 가족 말이다.

　세상사 바쁘게 살다 보니 결혼해 아이 낳고 그 아이들이 쑥쑥 자라는 것도 차마 느껴보지도 못한 채, 세월을 보내고 말았다. 더구나 그 치열했던 삶의 현장에서 따뜻한 시간을 가져보지도 못한 채 아이들은 나의 곁을 떠나고야 말았다.

　물론 그렇게 떠나간 아이들이 가끔은 그리워지고 보고 싶기도 했지만, 나에겐 아직은 일이 있었다. 얽히고설켜서 살아갈 일상들이 내 앞에 펼쳐진 현실이었다. 현실에 충실한 삶을 살다 보니 때때로 밀려드는 외로움 정도는 그냥 바람처럼 스쳐 지나가 버리기 일쑤였다.

　그러던 어느 날 갑자기 허전함이 몰려오기 시작하였다. 치열하게 생존하던 현실의 삶에서 살짝 비켜 앉을 수밖에 없는 정년퇴직이 불쑥 나에게로 다가왔을 때였다. 설마설마하던 일들이 시간의 흐름 속에 자연스럽게 다가왔지만, 그 알 수 없는 감정들이 채 정리도 되기 전에 집안에 들어앉게 되었다. 인간이면 누구나 언젠가는 피해 갈 수 없는 터널 같은 것, 그것이 나에게도 쓰나미처럼 밀어닥쳤다.

　43년간의 직장생활! 돌이켜 생각해 보면 참으로 많은 시간을 직장이라는 굴레에 묶여 살아왔으니 진저리나게 질릴 수도 있었겠지만, 그 세월 잘 참고 견디어 냈다.

오랜 세월 동안 직장이라는 굴레에 묶여있던 나에게 퇴직이란 어찌 보면 휴식같이 달콤한 세상일 수도 있다 싶어 느긋한 일요일의 여유로움을 즐기기도 하였다. 그것도 잠시, 각종 집안의 대소사, 그리고 명절이 다가오면, 자녀들과 더불어 북새통을 이루는 이웃의 다복하고 훈훈한 모습을 보면서 슬그머니 '가족'이라는 단어를 심각하게 떠올리기 시작하였다.

내 가족은 지금 어디에 있을까? 다복한 가정의 훈훈한 모습을 보면서 그동안 크게 관심 가져주지 못했던 아이들이 생각나기 시작했다. 그 아이들은 왜 우리의 품을 떠났을까? 어느 날, 갑자기 두 아이가 자신의 삶을 찾는다고 태어나 살던 서울 떠나갔는데,

그런데, 지나간 세월 돌이켜보니 나에게 가족은 어머니, 아버지 그리고 형제들이었다. 5남 3녀, 8남매의 형제간에 어린 시절, 유독 우애가 좋다는 얘기를 자주 들었다. 더구나 위로 세 분 누님들의 우애는 남다르게 가족을 먼저 배려하고 생각하게 해주었다. 결혼하여 출가하고 난 후에도 누님들의 형제적 사랑은 오히려 더욱 따뜻하게 가슴속에 남아 있을 정도로 훈훈하였다.

청소년 시절에, 어려운 상황에서도 언제나 뒷바라지 해주고, 때로는 힘들 때마다 위로해 주던 그 가족애는 두고두고 가슴속에 각인되었다. 더구나 어머니의 존재는 우리 형제자매들을 언제나 변치 않도록 묶어두는 인연의 끈이었다. 삶의 소용돌이 속에서도 늘 어린 시절의 그 애틋함을 잊지 않도록 다리를 놓아주셨던 어머니가 백 세 해를 사

시다가 2015년에 하늘나라로 가시고 말았다.

삶이 고단할 때, 어머니가 자식 보고 싶다고 하루가 멀다 하고 전화를 하실 때는 인간적으로 귀찮기도 하고 회사가 바쁘다는 핑계로 한 주, 두 주 걸려 뵈러 가는 횟수도 점점 줄어들 때도 있었다. 하지만 어머니는 늘 그 자리에 자리 잡고 계셨기에 우리 형제들도 꿋꿋하게 버틸 수 있었다.

이렇게 가족이란 소식이 없어도 느낌으로 서로에게 힘이 되어주는 존재이다. 돌이켜 생각해 보면 가족이라는 든든한 버팀목이 있었기에 어려울 때, 서로에게 힘이 되어주었던 것이다.

미국에 사는 나의 아이들이 좀 더 여유롭고 편안하게 세파를 헤쳐 나갔으면 좋겠다. 매 주일 성당에서 기도 중에 아이들에 대한 기도는 잊지 않고 하고 있다. 지금 당장 해줄 수 있는 게 그것밖에 없기에 열심히 하고 있다. 기도의 원의 대로 꿋꿋하게 잘 살아내기를 바란다.

개구리 참외 둥둥 떠내려가던 여름

오늘은 억수같이 비가 쏟아진다. 그토록 후덥지근한 날들이 계속되더니 이렇게나 줄기차게 비가 오려고 그랬나 보다.

처음에는 징검다리처럼 오다 말기를 반복하다가 어제부터는 하늘에 구멍이 뚫린 듯 많은 비가 내린다.

내가 근무하는 사무실 앞 계단에도 하얀 물거품을 일으키며 몇 시간 째 쏟아지는 비가 깊어가는 한여름을 상징이라도 해주듯 온통 빗소리가 귓전을 소란하게 울려준다.

이렇게 비가 쏟아지는 날, 가끔 옛 생각에 젖어본다.

어린 시절, 내 고향 중촌의 신작로길 위, 석화산 자락에 아버지는 한여름이면 참외와 수박을 심었다. 바다처럼 넓디넓은 밭에 참외와 수박이 주렁주렁 열리고 밭 근처에만 가도 개구리참외 익는 냄새가 진동했지.

신작로 길과 참외밭 사이에 도랑이 있었는데, 그 도랑을 사이에 두고 원두막을 지었다. 그러니, 참외 따는 날은 원두막 밑, 도랑 가득히 참외와 수박을 따다가 산더미처럼 쌓아 놓고는 다음 날, 이고 지고 팔러 다니기도 하고, 원두막에서도 팔았다.

한여름철 장사로는 짭짤한 수입원이기도 했던 참외밭! 밀 익어가는 냄새가 한여름이 깊어가고 있음을 알려주는 어느 여름날, 우리 식구들은 모두 참외밭으로 나가서 참외를 따기 시작했다.

참외 익어가는 향긋한 냄새가 진동하니 먹지 않아도 배가 부르다.

온종일 잔뜩 참외를 따서 원두막 이곳저곳에 저장해 두었는데, 오비이락烏飛梨落이고 했던가 그날 밤에 갑자기 장대 같은 비가 쏟아졌다. 여름철 억수같이 쏟아지는 장대비는 한순간에 도랑을 가득 채워 모든 걸 휩쓸어 가버리고 말았다.

다음날, 원두막 다리 달랑 4개를 빼고는 밑에 쌓아두었던 참외며 수박이 몽땅 떠내려가고 말았는데, 그 도랑은 마을 한가운데를 가로질러 아랫말 논으로 흘러 들어갔다.

우리 집은 웃말에서도 제일 위에 있었으니 참외는 도랑을 타고 아래쪽으로 밤새도록 하염없이 흘러갔다. 다음 날 아침에 마을 사람들이 도랑 따라 둥실둥실 떠내려오는 참외와 수박! 건져 담기만 하면 되는 거였다. 마을 사람들은 하늘에서 뚝 떨어진 것과 같은 횡재를 한 것이었다.

아버지는 그렇게 마을 사람들에게 분위기 잡아 참외, 수박 잔치를 해드린 셈이었는데, 흐르는 물에 수박, 참외 둥둥 띄워 서비스해드린 것이다.

그렇지 않아도 마음 씀씀이가 크신 아버지인지라 사람들이 곡물 한 되 박씩 들고 참외를 사러 왔다가는 아버지가 안 계시면, 오실 때까지 버티고 있다가 사서 가곤 했는데, 아버지가 덤으로 얹어주는 참외가 훨씬 더 후하다고 소문이 동네 멀리까지 났으니 그런 일이 벌어지곤 했다.

벌써 몇십 년이 훌쩍 지난 얘기이다.

그때의 개구리참외의 달콤한 맛과 장마와 더불어 동네에 수박, 참외를 서비스한 아버지의 후한 마음을 잊을 수가 없다. 노란 은참외도 물론 있었지만, 쑥색의 개구리참외는 껍질을 벗기는 순간 풍겨 나오는 상큼한 냄새와 새빨간 속살을 썩 뵈어 물었을 때의 그 달콤함이란?…

요즘은 종자 개량을 해서인지 개구리참외 보기가 쉽지를 않다. 아니, 아예 노란 참외 외에는 개구리참외는 보기 쉽지 않다.

그 여름에도 오늘같이 이렇게 비가 많이 내렸다. 지금도 가끔 고향을 갈 때면, 그 시절의 참외밭을 쳐다보곤 한다. '샘골'이라고 이름 붙여진 그곳엔 석화산에서 내려오는 샘물이 기가 막혔다. 여름에는 시원하고 한겨울에도 김이 모락모락 올라오는 샘골이 가끔 생각난다. 샘골 밑에 넓디넓은 밭이 바로 우리 집 수박, 참외밭이었기 때문이다.

오늘 저녁 꿈속에서는 개구리참외밭에서 뒹굴던 어린 시절로 한번 돌아가 보았으면 좋겠다. 그리고 오지랖 넓으셨던 아버지도 한 번쯤 꿈속에서 만나보고 싶다.

은하수 바다에 풍덩 빠진 고향

　밤이 되면 도시의 불빛은 감히 범접할 수 없는 깊고 투명한 어둠이 깔리던 곳, 바로 나의 고향이었다. 여느 농촌의 밤 풍경과 다름없이 여름밤이 되면 마당가에 멍석이나 밀거적을 펴놓고 늦은 저녁을 먹었다. 온종일 논과 밭에서 일하고 조금 일찍 들어오신 어머니께서 끓여내신 칼국수는 세상 그 어디에서도 맛볼 수 없는 어머니 표 칼국수였다. 호박과 감자를 채썰어 듬뿍 넣고 무쇠솥에 끓여낸 구수한 칼국수에 얼큰한 양념간장 한 숟가락 듬뿍 넣어 식구들끼리 도란도란 앉아 후후 불어가며 먹던 그 맛은 어머니의 맛이고 따뜻한 고향의 맛이기도 하였다. 농촌에서 대식구가 어울려 살았으니 칼국수를 끓여도 큰 함지박(대야)에 한가득 끓여내어 두 개의 상에 둘러앉아 순식간에 먹어치우던 그 시절은 참으로 아기자기한 행복에 빠져 있었던 시간이었다.

　전깃불조차 없던 세상에 저녁을 다 먹을 때쯤에는 어둠이 내려와 세상을 덮어버려도 새파랗게 빛나는 은하수 바다에서 반짝이는 별들을 등불 삼아 화려한 저녁 식사는 그제야 끝이 났다.

　아버지는 큰마당, 네 귀퉁이에 쑥으로 모깃불을 놓았고 어린 우리 형제들은 멍석에 누워 밤하늘에 흘러가는 은하수 바다를 바라보며 별자리를 헤아리기 일쑤였다. 그 밤하늘은 마치 검은색 수채화 물감 위에 은가루를 아낌없이 뿌려 놓은 듯, 눈부시게 빛나는 별들로 가득차 있었다. 멍석에 누워 하늘을 올려다보면, 온몸이 그 별빛 속에 잠기는 듯한 착각에 빠지곤 했다. 견우와 직녀의 전설을 떠올리며 제일 먼저 눈에 띄는 북두칠성을 헤아리고 제일 반짝이는 별의 이름을 짓기도 한다.

특히나 달이 없는 그믐밤, 은하수는 거대한 흰 강물처럼 하늘을 가로질렀다. 강물을 따라 수억 개의 별들이 반짝이며 흐르는 모습은 실로 장엄하여, 어린 나의 눈에는 마치 하늘 위 바다가 펼쳐진 것만 같았다. 때로는 머리 위에서 쏟아져 내릴 것 같은 별 무리 아래, 작은 내가 한없이 작게 느껴지면서도, 동시에 이 거대한 우주의 일부가 된 듯한 경이로움에 사로잡히곤 했다. 그럴 때면 나도 모르게 '아, 내가 지금 은하수에 풍덩 빠져 있구나'라고 중얼거리며, 이 황홀경 속에서 영원히 깨어나지 않았으면 하고 소망했다.

설거지를 마치고 오신 어머니 무릎을 베고 누워있으면 어머니가 부채로 살살 모기를 쫓아내고 바람을 일으키시니 귀뚜라미 소리 자장가 삼아 살며시 잠이 들곤 하였다.

어느새 시간이 흘러 밤이슬이 내릴 때쯤이면 아버지가 아이들을 하나씩 번쩍 들어 대청마루에 미리 쳐 놓은 모기장 안으로 옮겨 놓았다. 지금 생각해 봐도 대청마루는 시원했다. 모기장 안에서 뒹굴뒹굴 구르며 무더운 여름밤 꿈속에서 헤매고 십중팔구는 이리저리 구르다가 팔이나 다리 한쪽을 모기장 밖으로 내놓아 모기에 물린 그다음 날 가려워 죽는다고 피가 나도록 긁어대곤 하였다.

그 고향의 밤하늘은 단순한 풍경이 아니었다. 어린 시절의 꿈과 상상이 자라나던 보금자리였고, 삭막한 일상에 지쳐 있을 때마다 꺼내

보는 흑백 사진 속의 추억으로 마음의 위안이 되곤 하였다. 저 넓은 우주에는 과연 어떤 세상이 펼쳐질까, 저 많은 별들 중 나의 별은 어디쯤일까 생각하며 수많은 밤을 고뇌하기도 했다. 별빛 아래에서 듣던 풀벌레 소리, 어머니의 자장가, 그리고 가족들의 낮은 웃음소리까지, 그 모든 것이 은하수 빛처럼 포근하게 마음을 감싸 안았다. 그 순간은 나에게 삶의 의미와 작은 존재의 소중함을 가르쳐주었던 시기였다.

시간이 흘러 고향은 멀어졌지만, 마음속에는 여전히 그 밤, 은하수에 풍덩 빠져 있던 그 경이롭고 따뜻한 순간이 선명하게 남아있다. 바쁜 오늘을 살다가 문득 고개를 들면, 어둠 속에 숨겨진 별들이 다시금 나에게 속삭이는 듯하다.

추억을 모자이크하며

내 고향 영종은 사시사철 꽃피고 새울며 송홧가루 날리는 오월이면 석화산 자락에서 뻐꾹새 늘어지게 울어대는 봄 잔치가 한창이었다. 모내기에 바쁜 아버지는 쩌렁쩌렁한 목소리로 소몰이에 여념이 없고 어미 소 찾는 송아지의 헤설픈 울음소리가 평화로운 농촌 마을에 울려 퍼지던 곳이었다. 한여름이면 동네 아이들과 어울려 대나무 낚싯대 둘러메고 바닷가로 나가 망둥어를 건져 올리다가 심심하면 깨 벗고 바닷물에 풍덩 뛰어들어 갯고랑을 헤엄쳐 다니곤 했다.

1. 인천에서의 첫발을 내디디며

나는 집안 사정상 고향에서 중학교 입학을 포기하고 일찌감치 도시로 나와 공장 생활을 하게 되었다. 처음으로 부모님 품을 떠나 도시에서의 생활은 외롭고 쓸쓸했지만, 그래도 의지할 수 있는 바로 위 형님이 함께하기에 참을 수 있었다. 결혼해 인천 동구 화수동 단칸셋방에 살던 둘째 누님댁에 염치없이 얹혀살았다. 자식들을 위해 아버지는 농사지은 쌀이며, 채소를 등짐으로 인천 누님댁으로 날랐다.

고향인 영종도 성당에서 가톨릭 신앙을 받아들인 형과 나는 토요일이면 근처에 있는 화수동 성당으로 미사를 드리러 나갔다. 그런데, 어느 토요일에 형과 함께 성당을 가다가 깡패들을 만났다. 그 시절에 성당 근처에 인천극장이 있었는데, 극장을 중심으로 양아치들이 있다는 얘기를 나중에야 들었다. 근처 고아원이 있었는데, 그 아이들이 낯선 아이들을 보면 돈을 빼앗는 깡패짓을 한다고 했다.

깡패들 서너 명은 우리 형제를 빙 둘러싸고 시비를 걸었다. 아마도 돈을 빼앗으려고 했던 것 같았다. 그러나 우리에게 무슨 돈이 있었겠는가? 성당에 헌금할 푼돈 몇 푼을 빼앗으려고 다그쳤는데, 형이 나에게 귓속말로 "빨리 도망가!"라고 말하고는 그 깡패들과 한판 붙어 엄청나게 얻어맞았다. 이 사실을 안 누님이 너무나 속상해서 고아원을 찾아가 잠자는 아이들을 일일이 확인했지만 엎질러진 물이었다. 훗날, 누님은 그때만 생각하면 너무나 분하고 속이 상해 치가 떨릴 정도였다고 회고하셨다. 그 후 형은 청도관 태권도장에 등록하고 열심히 운동했다. 운동신경이 남다른 형은 나중에 전국체전에 태권도 인천 대표로 출전할 정도로 열심히 했다. 나 역시 나중에 무덕관이라는 체육관에 나가 태권도를 배웠다.

2. 직장생활(대양알미늄 공장)

고향에서 좋은 성적으로 중학교 입학시험에 합격하고도 집안 사정 때문에 진학을 포기한 나는 인천에 사시는 이모님의 소개로 처음에는 빵 공장에서 일하라는 권유를 받고 인천으로 나왔다. 그런데, 그 일이라는 게 빵 배달이었다. 빵집에서 구워놓은 빵을 짐 자전거에 싣고 이곳저곳으로 배달하는 일이었다. 가서 보니 엄두가 안 났다. 짐 자전거에 빵을 산더미처럼 쌓고 그걸 타고 배달을 나가야 하는데, 나로서는 도저히 자신이 없어 며칠 만에 포기하고 유동에 있는 대양알미늄 공장에 취직하게 되었다.

출근길은 화수동 집에서 출발하여 동인천역과 중앙시장을 지나 배다리 밑을 통과하여 한참을 걸어 공장에 도착하였다. 이제 갓 열네 살 아이가 감당해 내기에는 벅찬 일이었으나 난생처음 취업이라는 것을 했으니 참으로 열심히 일했다. 성실하고 눈치껏 잘 따라 하는 나를 기술자 형들과 공장장님이 무척이나 예뻐해 주셨다. 출, 퇴근길 중간에 자그마한 공업사들이 밀집해 있는 지역을 지나치게 되어있었다.

어느 날, 퇴근길에 배다리 쪽으로 걸어오는 길에 즐비한 공업사를 지나치는데, 공업사에서 용접을 하는게 신기해 한참을 서서 그 광경을 구경했다. 멋도 모르고 불꽃 튀는 모습을 마냥 구경했는데, 아뿔싸, 그날 저녁에 눈이 아파서 밤새 잠도 못 자고 고생 또 고생 초주검이 되었다. 용접공들이 쓰는 헤드셋의 의미를 촌놈은 잘 몰랐다. 그 이후 용접하는 곳은 멀리 피해서 돌아가거나 아예 다른 길로 가곤 했다.

3. 새벽에 조간신문 141부를 들고

직장생활을 하면서도 형을 따라 조간신문을 배달하기로 했다. 이것 저것 닥치는 대로 일을 하면서 인생을 배워나가는 청소년 시절이었기에 힘든 줄도 모르고 일을 찾아서 했다. 신문 배달을 하면서 가장 힘들었던 것은 이른 새벽에 일어나는 일이었다. 일어나기가 힘들어서 그렇지 일단 일어나서 어둠이 채 가시지 않은 시내 길을 걷다 보면 어느새 마음은 상쾌해진다. 화수동에서 신문보급소가 있는 신흥동인가? 아무튼, 애관극장 가까이 있던 곳까지 가려면 거의 20여 분은 걸어야 했다. 걷는 중에 마주치는 풍경들이 지금도 눈에 선하다. 가겟집 앞에는 일찌감치 배달되어 온 두부, 콩나물, 어묵 등이 가겟집 주인을 기다리고 있었다. 가겟집에서 그날, 판매할 물건들이었다.

어린 나이에 신문 141부는 옆구리에 끼기도 버거웠지만, 처음에는 힘들어도, 인내하면서 배달하다 보면 어느새 가벼워져서 할만했다. 신흥동을 거쳐 자유공원 쪽으로 올라가는 홍예문을 지나 부유층이 살고 있는 동네를 돌아야 했는데, 자유공원 아래쪽에 으리번쩍한 집들이 즐비했다. 그러나 사나운 개를 키우는 집이 있어 신문을 넣을 때, 사납게 달려드는 개를 피해 혼비백산 줄행랑을 치던 기억도 생생하다.

4. 셋방 집 할머니

화평동 골목의 자그마한 셋방 집을 얻어 형제들끼리 독립을 했다. 둘째 누이 집 단칸셋방에 얹혀사는 것도 눈치 보이고 형과 누나도 합류하여 따로 방을 얻어 살기 시작했다. 화평동은 누님이 사는 화수동과 경계를 한 동네로 조금만 밑으로 내려오면 있다. 세를 얻어 살게된 화평동 집은 할머니가 주인이신데, 출입구에 자그마한 가게를 운영하셨다. 출, 퇴근할 때마다 그 가게를 거쳐야 출입할 수 있기에 진열된 먹거리가 늘 유혹했다. 먹거리라고 해봐야 껌, 과자와 빵, 그리고 음료수 등이었는데, 한창 배고픈 청소년 시절이었기에 과자와 빵은 항상 머릿속에 환영으로 남아있었다. 솔직히 고백하건데, 들고날 때 할머니의 눈을 피해 가끔 한, 두 개씩 슬쩍 먹은 적도 있었다. 배고픈 유혹은 참기 어려웠다. 이제 와 생각해 보니 많이 귀여워해 주시던 주인집 할머니에게 죄송한 마음이 무럭무럭 들어간다.

5. 음지에서 양지를 꿈꾸며

대양알미늄 공장에서 열심히 일한 덕분에 신뢰를 얻고 월급도 3개월에 한 번씩 따박따박 올랐다. 그러나 공장 생활에 만족하기에는 마음속이 허기로 가득 찼다.

(동인천 역전에 있는 FLI 학원으로)

고심 끝에 늘 지나다니는 동인천 역전에 영, 수학 학원으로 어려운 발걸음을 했다. 아무에게도 얘기하지 않은 채 우선 급한 대로 영어, 수학반에 등록했다. 공장에서는 야간근무를 자원해서 낮에 시간을 낼 수 있었다.

고된 날들의 연속이었지만 내가 하고 싶은 일을 할 수 있다는 것은 행복이었고 고단함 따위는 잊을 수 있었다. 그리고 열심히 공부를 시작했다. 그때, 학원에서 만난 친구가 있었는데, 나보다 키도 크고 덩치도 큰 그 아이는 늘 담배를 가지고 다니면서 화장실에서 몰래 담배를 피웠다. 옷도 잘 입고 다녔고 귀공자풍의 잘생긴 그 친구는 나에게 호감을 가지고 말을 걸어오곤 했다.

어느 날, 나를 불러 담배 한 개비를 주면서 "야, 한번 피워봐" 진지하게 권하는 것이었다. 나는 피울 줄도 모르고 피울 생각도 없다고 정중하게 거절하면서 그 아이의 눈치를 보곤했다. 나중에 안 사실이지만 그 친구는 아버지가 사업을 하는 부잣집 아들인데, 공부하기 싫어 학교를 때려치우고 마지못해 학원에 등록한 학생이었다. 담배는 아버지가 피우시던 고급 담배를 호시탐탐 노리다가 한 갑씩 들고 온다는 것이었다. 그 친구가 말하길 "야, 우리 아르바이트 한번 해볼까?" 하는 것이었다. 그러니까 알바란 학원에서 매달 초와 중간에 학원 강좌 개강을 알리는 벽지 포스터를 인천 시내에 다니면서 붙이는 작업이었다. 흔쾌히 승낙하고 그 친구와 한 달에 두 번씩 풀통과 붓, 그리고 포스터를 옆구리에 끼고 인천 시내를 돌았다. 그 대가로 학원 수강료를 면제받았다. 그 당시에는 시내 곳곳에 공식 벽보판이 있어 반드시 그곳에 붙여야 했다.

고단했던 인천 생활을 접은 것은 둘째 형님이 대학 졸업을 하고 서울 성수동에 취직을 하면서이다. 당시 씨티즌 시계회사였는데, 성수동에 전세방을 하나 얻어 형제 넷이서 살림을 시작했다. 나역시 무작정 서울로 올라와 공장에 취직을 했다. 당시 서울 뚝섬과 화양리 일대에는 많은 회사와 공장이 널려있었다. 그러니 길거리에는 일자리를 제공한다는 벽보가 많이 붙어있었다.

천방지축 촌놈 서울이야기가 시작되는 계기가 되었다.

4. 추억

회상回想

어느 날 우연히 내가 근무하던 사무실에 어렴풋이 낯익은 노신사 한 분이 찾아왔다. 순간, 얼어붙은 듯 그분의 얼굴을 응시하였는데, 가물가물 기억이 날듯 말 듯, 시간은 흘러가 버리고 업무가 한가한 한참 뒤에서야 한 번 더 기억을 되살려보다가 소스라치게 놀라고 말았다.

"그래 맞아, 그분이야……."

그분은 다름 아닌 40여 년 전 그러니까 정확히 말하면 1975년도 중부 전선의 어느 부대에서 갓 임관한 햇병아리 장교와 포병 사령관으로 직속 상관과 부하의 관계로 만났던 적이 있었다. 반가움과 아울러 슬며시 밀려오는 그 시절에 대한 향수에 젖어 상념의 세계로 빠져들었다.

난생처음 보는 함박눈이 펑펑 쏟아지던 날, 어둑어둑하던 시간에 나는 중부 전선의 최전방 어느 장교 숙소에 도착했다. 동기생 한 명과 함께 배치된 BOQ(독신장교숙소) 방문을 열어보니 벽에는 하얀 성에가 껴 반짝반짝 빛나고 방바닥은 죽은 놈 콧김처럼 미지근한 데다, 방 안에서도 숨 쉴 때마다 입김이 허옇게 뿜어져 나왔다.

"도대체 장교 숙소가 왜 이래? 난방장치나 연료가 잘못된 것은 아닐까?"

아궁이 쪽으로 나가 보니 사위어 가는 19공탄 한 장이 가물거리고 있었는데, 엄동설한 최전방 영하 20도를 오르내리는 혹한을 견디기에는 한참 역부족인 듯싶었다. 내부를 살펴보니 방은 꽤 여럿 있었는데, 쥐죽은 듯 조용하기만 했다. 나중에 알고 보니 2개 포병대대가 같이 쓰고 있는 BOQ라 꽤 많은 초급장교가 있어야 하건만 한 군데도 불이 켜져 있지 않으니 이들이 간 곳은 도대체 어디일까?

어찌어찌 관리병을 찾아 물어보니 모두 사방거리로 외출을 했다는 것이다. 주말도 아닌 평일에 무슨 외출일까? 관리병은 방이 추워서 나간 것이 당연하다는 듯 눈이 동그래진다. 오히려 그걸 물어보는 우리가 이상하다는 듯 고개를 갸우뚱하는 관리병을 돌려보내고 우리는 잠시 생각에 잠겼다.

"안 되겠다. 김 소위, 우리도 나가자"생각다 못한 동기생 유 소위가 말을 꺼냈다.

"그래, 안 되겠지? 나가자"그래서 천지사방 분간도 제대로 되지도 않는 최전방 BOQ에서 우리는 사방거리를 향해 발길을 옮기기 시작했다.

눈은 계속해서 펑펑 쏟아져 전투화는 발목까지 푹푹 빠지는 눈길을 조심조심 옮기고 있는데, 십여 분이면 갈 수 있다는 사방거리가 이십 여분 이상을 한참 걸었는데도 도대체 불빛 하나 보이질 않아 우리를 불안하게 만들었다.

"아니, 이게 어떻게 된 거야? 지금 우리가 방향을 잘못 잡아 혹시 북쪽으로 올라가고 있는 건 아닐까?" 햇병아리 소위들은 문득 겁이 나기도 했지만 씩씩하게 걸었다. 두런두런 이야기하면서 가다 보니 멀리 가물가물 불빛이 보이기 시작했다. 그렇게 중부 전선 최전방의 첫날밤을 유 소위와 나는 사방거리 여관에서 보냈다.

사방거리와 마현리 중간에 있는 장교 숙소는 당시 2개 대대가 사용하고 있었다. 그러니 규모나 방의 숫자로 보아도 그리 작지 않은 장교 숙소였는데 실제로 이곳에서 생활하는 독신장교는 별로 많지가 않았다. 많은 장교가 방마다 명찰은 붙여놓았지만 실제로는 사방거리에 나가서 몇 명이 방을 하나 얻어 자취하는 실정이었는데, 부대에서도 현실이 그러하니 슬쩍 눈감아 주는 듯하였다.

그런 내막을 모른 체 BOQ에 들어간 유 소위와 나는 추위는 아랑곳하지도 않은 채, BOQ 생활을 시작하게 되었고, 선배 장교들의 눈초리가 심상치가 않다는 것을 안 것은 얼마 후의 일이었다.

"어디 두고 봐라, 나도 처음에는 그랬단다. 얼마나 견디는지?…"모두 그런 눈초리였다.

원리원칙과 충성심에 불타는 두 햇병아리 소위들은 아랑곳하지 않은 채, 부대 근무가 끝나면 BOQ로 퇴근을 했고, 부대 근무 중, 미진한 부분들에 대해서는 통째로 싸 들고나와 열심히 읽으면서 부대 상황을 파악하고 공부하게 되었다.

특히 유 소위와 나는 틈틈이 시간을 내어 영어와 한자漢字 공부를 하게 되었는데, 이는 미래에 대한 투자라고 무언의 다짐을 하곤 하였다.

둘은 군용 모포를 어깨까지 뒤집어쓴 채, 하얀 입김을 후후 내 불면서도 밤늦도록 열심히 공부를 하곤 하였는데…

그러던 어느 날!

그날도 다른 날과 다름없이 모포를 어깨에 걸치고 책상에 앉아 열심히 한자漢字 공부를 하던 중에 갑자기 밖에서 BOQ 당번병의 벼락

같은 경례 소리가 들려왔다.

'갑자기 무슨 일일까! 누가 왔나?' 잠시 의아해했지만, 전혀 아랑곳하지 않고 공부를 하고 있는데, 슬그머니 방문이 열렸다. 동시에 돌아보니 뜻밖에 그곳에는 포병 사령관이 떡 버티고 서 있는 것이 아닌가!

부대 전입할 때, 처음으로 전입신고를 하면서 뵈었던 포 사령관님, 감히 정면으로 눈 마주치기조차 어려웠던 사령관이 빨갛게 상기된 얼굴로 날카롭게 쏘아 보고 있는 것이 아닌가? 일순, 전기에 감전된 듯이 우리는 누가 먼저랄 것도 없이 동시에 벌떡 일어나 벼락같은 소리를 지르면서 경례를 붙였다.

"필승! 소위 김…!"

한참을 방안 이곳저곳을 살피시던 그분이

"음, 그래, 자네들은 지금 무얼 하고 있나?"하시면서 책상 쪽을 응시하고 계셨다.

"예, 지금 한자漢字 공부를 하고 있었습니다."

"음, 한자 공부? … 특별히 한자 공부를 하는 이유가 있는가?"

"그런 것은 아닙니다마는 앞으로…"

"흠, 그래? 방은 춥지 않나?"

"예, 견딜 만합니다!"

……

"수고하게!"

노여움으로 가득 찼던 그분의 얼굴이 어느새 인자한 모습으로 돌아왔음을 직감으로 느꼈다.

"휴, 이게 웬일이지? 아니 이렇게 늦은 밤에 갑자기 왜 BOQ를 방문하셨을까?"

다음날, 오후쯤에 대대 CP(지휘소)에서 우리를 찾는다는 연락을 받았다. 대대장은 사령부 회의 중에 온통 신임장교 두 명, 김 소위와 유 소위의 이야기가 화제의 중심이 되었다고 흐뭇한 표정으로 말씀해 주셨다.

그런데 그날 저녁에 평소에는 썰렁하기만 하던 BOQ 식당에 독신 장교들이 와글와글 끓었다. 여기저기서 "투덜투덜…" 부대로 가져갔던 침구류를 다시 방에다 깔고 꺼졌던 연탄불을 붙이느라 정신없이 이방 저방으로 연탄불을 들고 다니는 BOQ 당번병의 모습이 보였다.

포병 사령관이 BOQ를 방문하게 된 것은 모처럼 독신 장교들이 BOQ에서 잘 생활하고 있는지 불시 순찰을 통해서 확인한 것이라고 하였다. 최전방 DMZ에서 어느 순간 발생할지 모를 상황에 즉각 대처하기 위해서 미혼 장교들은 BOQ에서 반드시 기거하도록 규정되어 있었다. 그런데 암행감사를 해보니 그 넓은 BOQ에 장교라고는 딱 두 사람, 그것도 엊그제 전입해온 새내기 소위 두 명뿐이었다. 그런데 기특하게도 그 시간에 열심히 공부하고 있는 두 명의 소위 때문에 포 사령관은 그나마 기분이 매우 좋아졌고 다음 날, 회의 분위기도 훈훈했다고 전해졌다.

대대장들은 포 사령관의 BOQ 점검결과, 초비상이 걸릴 것으로 긴장하고 있었는데, 그렇지 않았던 것은 싹수가 있어 보이는 햇병아리 장교 두 명 때문이었다는 소문이 돌았다. 아무튼, 그 사건으로 우리

둘은 포병사령부에서 싹수가 있는 장교로, 귀여움을 받게 되었고 얼마 후에 사령관 표창장과 더불어 휴가증까지 받게 되었으니 부대 전입 후 불과 7개월 만의 쾌거(1975년)이며 신나던 일이 아니던가!

그런데, 40여 년이 훌쩍 지난 이 시간에 그분이 불쑥 내 앞에 나타났다. 싹수가 보인다고 표창까지 해 주셨던 그분이 이제는 머리가 하얀 할아버지가 되어 나타났는데, 인사조차 변변하게 못하고 헤어졌으니 서운하긴 하지만, 다음에 오실 때에는 그 시절을 떠올리면서 약주라도 한잔 정성껏 대접해 드려야겠다는 생각을 해본다.

회상해 보니 그 시절은 내가 한참 혈기왕성한 이십 대 초반의 젊은 시절이었는데…

최전방의 독신 장교 숙소가 제대로 된 난방조차 안 된 상태로 그렇게 허술하게 관리되었다는 것도 그렇고 열악한 환경 속에서 전투력의 극대화가 이루어졌을까? 하는 생각도 든다. 그래도 정신력만큼은 그 어느 때보다 강하던 시절이었다고 감히 자부해본다.

아마도 지금은 최신식 건축물에 난방 걱정 없는 그런 생활을 하지 않을까 하는 추측을 해본다. 그 시절이 갑자기 그리워지는 이유는 세월이 많이 흘렀다는 것이겠지.

회상回想 1

이제 한 달 후면 황망스럽게 불쑥 다가온 급성뇌경색으로 인생의 쓴맛을 제대로 보게 된 지 만 8년이 다가온다. 그동안 나는 무엇이 변하고 어떤 생각을 하면서 살고 있는지 나 스스로 물어본다.

한결같이 살아온 직장생활 43년…그 세월 속에 내 청춘 모두를 바치고 정년퇴직이라는 인생의 훈장을 받아들었을 때, 나는 자유인自由人 된 듯한 묘한 기분이 들었다.

돌이켜보면 직장생활이 힘들고 어려울 때마다 이 지긋지긋한 지옥에서 빨리 벗어나야겠다는 생각을 직장인이라면 누구나 안 해본 사람은 없을 것이다.

그런데, 막상 '자유인'이라는 훈장을 받고 보니 그저 시원하다는 생각만 날 줄 알았는데, 그게 아니었다. 섭섭한 생각이 반반으로 났다. 인간의 감정이라는 게 그때그때 다르게 표출되고 있음을 살면서 알게 되었다.

그렇게 1년이라는 세월을 자유인으로 살았다. 하지만 습관이 하루 아침에 변할 리가 없었다. 성격상 무턱대고 놀 수도 없었으니 어느 날, 친구가 책임자로 일하는 '전쟁과 평화연구소'라는 곳으로부터 연락을 받았다. 전쟁과 평화연구소는 삼각지 전쟁기념관 4층에 사무실이 있다.

"놀면 뭐해? 우리 연구소에서 프로젝트로 진행하고 있는 6.25 전사 번역 및 편집일 좀 하지 그래""재택근무니까 심심할 때, 책상에 앉아서 컴퓨터 작업을 하면 되는 일이야!"

친구의 우정어린 권고에 고심 끝에 그곳에서 전사戰史 편집일을 하기로 약속을 했다. 때는 막 한여름으로 접어드는 시기였으나 무엇하나 소홀히 할 수는 없다는 생각이 들어 온통 신경이 곤두설 정도로 관련 서적을 뒤적이기 시작했다. 어떤 일이든 주어진 일에는 덩벙거리지 않고 치밀한 일 처리가 몸에 밴 성격 탓이기도 했다. 주도면밀周到綿密이라는 단어는 내가 군에서 늘 머릿속에 각인시키고 사용하던 단어였다.

날씨는 점점 초하初夏로 접어들었고 후덥지근하고 무더운 더위가 방까지 밀려들어 왔다. 6.25 전사 편집이라는 게, 깨알같이 한문으로 적혀 있는 당시의 전투 일보를 기본으로 한국어로 번역하여 재편집하는 일이었으니 일단은 한문에서 막히는 부분이 많았다. 하지만 요즘은 컴퓨터의 한자 사전을 이용할 수 있어 제법 편리해지긴 했지만, 문제는 부실한 원본에 있었다. 60여 년이 훌쩍 지난, 한참 전쟁 당시 일보를 기록하는 사람들이 아마도 한문 세대였던지라 거의 문장의 80% 이상을 한문으로 기록했는데, 오죽하랴. 그 전쟁통에 또박또박 기록했을 리가 만무했고 거의 흘림체 비스므레 휘갈겨 써나간 한문을 해석하기란 절대 쉽지만은 않았다. 그러니 전, 후 문장의 맥락을 이해하면서 적당한 단어를 떠올려야 하고, 해당 전략과 전술에 대한 기본적인 지식이 없으면 감히 대들 엄두조차 낼 수가 없는 상황이었다.

선풍기 하나로 밀려드는 더위를 식히면서 돋보기를 옆에 놓고 한 자 한 자씩 해석해 나가는 일이었으니 경험해보지 않은 사람은 엄두조차 낼 수 없는 수고였다.

더위가 삼복으로 접어들면서 장시간 틀어놓은 선풍기에서는 시원한 바람이 미적지근한 바람으로 바뀌기 일쑤였다. 그럴 때면 주저 없이 홀떡 벗어 던지고는 샤워실로 뛰어 들어갔다. 찬물 서너 바가지를 퍼서 온몸에 끼얹으면 더위는 잠시 물러갔다. 아예 팬티 바람으로 책상 앞에 다시 앉아 머리 복잡한 전사번역일에 매달리기를 서너 달. 하지만, 전사를 번역하면서 힘만 들었다는 생각을 한 것은 아니었다.

아무도 알아주지 않는 이름 모를 골짜기에서 당시의 젊은 군인들은 죽고 죽이는 전쟁의 공포와 싸워야 했다. 잠시 소강상태를 보이는 순간이면 고향을 그리워하고 부모·형제를 떠올렸을 그 병사들의 마음을 충분히 이해하고도 남음이 있었다. 누구를 위한 전쟁인가? 누구를 위해 동족에게 총부리를 겨누었는가? 뭉클한 감정으로 잠시 눈을 감고 당시의 처절했던 전장戰場을 떠올리기도 했다.

전사 기록의 패턴은 늘 한결같았다. 당일의 기상과 지형지물의 분석 등이 앞머리에 나오는데, 어떤 날은 골짜기에 안개가 자욱하게 끼어 가랑비가 부슬부슬 내리기도 하고 햇살이 쨍하고 뜨면 시계가 훤히 보였다. 계곡의 새소리, 물소리 바람 소리까지 들리는 듯한 환상이 떠오르곤 했다. 야간 작전을 위해 은밀히 숲을 헤치며 전진할 때, 하늘에 떠 있는 눈썹달만은 이들이 어떤 일을 하러 어디로 가는지 애처로이 지켜보았을 것이다.

가만히 앉아서 60여 년 전의 세상으로 들어가 몰입하는 시간은 어쩌면 행복했는지도 모르겠다. 우리 후손들은 이런 소모적인 이념전쟁에 휘말리지 않고 평화로운 세상에서 마음껏 행복을 추구하면 좋겠다는 생각을 해본다. 그렇게 하기 위해서는 지나간 역사를 올바로 알아야 하고 그 역사를 교훈 삼아 자기 삶의 지표로 삼아야 평화는 담보되는 것이 아닐까?

그렇게 1년의 세월을 자유인으로써 혹독한 신고식을 치르면서 보내게 되었다. 그중에서 가장 기억에 남는 일은 역시 삼복더위를 견뎌내며 6.25 전사번역 및 편집에 관한 일을 하던 순간들이었다. 이제 와 뒤돌아보니 삶의 한순간 한순간이 결코 쉽게 넘어가거나 평범하지 않았다는 것은 그만큼 치열한 삶을 살았다는 증거가 아닐까 하는 생각을 해본다. 그래도 건강하게 살아낸 나 자신에게 무한 감사한 마음이다.

추억의 군 시절 RCT훈련

그토록 무덥기만 하던 여름도 어느덧 다 지나가고 가을을 재촉하는 비가 며칠째 오락가락하더니 어제저녁부터는 하늘이 뻥 뚫린 듯, 양동이째로 들러 붓듯이 오늘까지 내리고 있다.

비가 이렇게 무지막지로 쏟아지는 날이면 나는 추억 속의 초임장교 시절 RCT 훈련이 문득 생각난다. 임관 후 얼마 안 된 이른 가을이었지. 빛나는 육군 소위 계급장을 달고 관측장교로 보병연대 RCT 지원을 위해 몇십 킬로인지는 몰라도 빵빵한 배낭 둘러메고 보무도 당당하게 행군대열에 끼었다. 까마득한 기억을 더듬어 보면 강원도 화천군 '오음리'라는 곳에서 출발하여 화천을 지나 어디인지(지명은 기억이 안 남)로 가는 야간 행군이었다.

'3보 이상 승차'라는 구호를 자부심으로 살아왔던 포병장교에게 '3보 이상 구보'를 슬러건으로 내걸던 보병과 같이 행군을 한다는 것은 우선 심리적으로 부담이 되었다. 그러나 관측장교 임무를 부여받은 나에게도 3명의 부하가 딸렸다. 관측병, 유, 무선 통신병을 대동하고 행군대열의 중간에 끼였다.

초가을의 중부 전선은 푸르던 잎이 이제 막 노란 단풍으로 물들기 시작해 석양이 내리쪼이는 가운데 갈바람에 한들거리는 모습이 참으로 보기도 좋았지. 그런데 이게 웬일인가? 땅거미가 내려와 어둑해 질 무렵 갑자기 마른번개가 번쩍이며 하늘이 쩍쩍 갈라지더니 '우르릉 콩

쾅!' 천둥이 세상을 온통 흔들어놓기 시작했다.

순식간에 시커먼 먹구름이 몰려오기 시작하더니 사정없이 초겨울 비가 쏟아붓기 시작했다.

'아…'

대책 없이 쏟아지는 비에 판초 우의를 꺼내 입었지만 차가운 초겨울비는 사정없이 몸속으로 흘러들어왔다. 서서히 배낭이 젖고 군복도 축축해지기 시작했다. 배낭에 달린 모포가 물을 먹어 어깨는 천근이고 바짓가랑이를 타고 군화 속으로 스며드는 빗물이 양말까지 내려왔다. 장거리 행군에 대비해서 양말 바닥에 칠해놓은 비누에 거품이 일고 발은 퉁퉁 불기 시작했다. 코앞도 분간하기 어려울 정도로 안 보이는 어둠을 뚫고 야간 행군은 계속됐지.

설상가상으로 배는 또 왜 그렇게 고프던지… 어머니가 해주시던 하얀 쌀밥이 막 생각이 났다. 김이 모락모락 나는 하얀 쌀밥에 두부 넣고 보글보글 끓인 된장국 생각이 나면서 어머니가 그리워지기 시작했다.

급기야 낙오하는 병사가 한둘 생기더니 사타구니 양쪽 허벅지가 빗물에 젖은 바짓가랑이에 쓸려 쓰라려 오기 시작했다. 그래도 병사들이 보는 앞에서 팔팔한 초임장교가 낙오할 수는 없었다. 쉼 없이 쏟아지는 비, 그리고 칠흑 같은 어둠 속에 10분간 휴식시간이 되자 너나 할 것 없이 그 자리에 털썩 주저앉았다. 그런데 채 5분이 지나지 않아 그 와중에 코 고는 소리가 들리는 것이었다. 철모를 쓴 채로 비 오는 하늘을 향해 입을 딱 벌리고 배낭에 기댄 채 그렇게 코를 골고 있는 병사들. 얼마나 힘들고 고단했으면 그랬을까?

아비규환이 따로 있을까?

그렇게 쏟아붓던 비가 멎지 않은 채로 동쪽으로부터 뿌옇게 아침이

밝아왔다. 공격을 위한 집결지가 어슴푸레 보이고 설영대가 미리 도착해서 아침 식사 준비를 하는 모습이 멀리 보였다. 구수한 밥 짓는 냄새만 맡아도 살 것 같았지. 우리는 명에 의하여 도착하자마자 바로 개인용(2인용) 텐트를 치기 시작했다. 그리고 세 시간 동안의 세상모르고 깊은 잠에 빠져들었다. 축축하게 젖은 옷을 대충 벗어놓고 서로의 체온에 의지한 채 그렇게 잠속으로 줄행랑쳤다. 그런데, 그 비좁은 텐트 안이 어찌도 그렇게 어머니의 품속같이 포근하던지, 포근한 텐트 안에 누워있으려니 순간적으로 텐트 위로 떨어지는 빗소리가 아련한 자장가 소리가 되어 귓전을 울리는 것이었다. 그 시절 새파란 젊음 없이는 언감생심 꿈에도 할 수 없는 용기와 기백이었다.

지금 창밖으로 쏟아지는 빗줄기가 그때 그날의 빗줄기를 연상시키고 있다. 고난의 행군을 마치고 따끈한 밥 한술에 모든 피로가 날아가는 듯한 그 시절, 지금 생각해 보면 참으로 아름다운 추억이 되었다.

요즘 군대는 복무기간도 짧아지고 그로 인해 훈련의 양도 줄었다는데, 요즘 병사들이 과연 그 시절이었다면 어떻게 견디어 냈을까 하는 생각은 기우였으면 좋겠다. 그러나 '훈련은 전투처럼'을 외치던 그 시절의 이야기는 진짜 남자가 아니고는 이해하기 어려운 시절 이야기다.

아름다운 추억은 삶의 거울이며, 인생을 더욱 풍요롭게 하는 요술 같은 것이다. 그리고 오십여 년이 훌쩍 지나가 버린 오늘, 이제 우리의 손자 녀석들이 성장하여 추억의 그 길을 가려고 한다. 세월은 우리의 몸과 마음을 많이 변화시켰지만 지금도 가끔은 그때가 그리워지곤 한다.

"야! 빵 중위, 너는 소주 안주에도 빵을 먹냐?" 킥킥킥…(기분 나쁜 웃음) 유난히 빵을 좋아하던 후배 철규 중위를 보고 명철 선배님이 놀리던 이야기이다.

가을 색 곱게 물들어 가는 교정을 걸으며

2024년 10월 11일. 가을 색이 곱게 물들어 가는 교정을 밟았다. 전날 저녁에는 이른 아침에 일어나야 한다는 강박으로 엎치락뒤치락 잠을 설쳤다. 어떤 여행이든 여행은 가슴을 설레게 하는 마약 같은 유혹이 있는데, 나이 칠십을 넘어서니 어떻게 잘 견디어 낼까, 하는 염려가 먼저 고개를 치민다. 새벽공기를 밟으며 전우들이 기다리는 지정된 장소로 갔다. 모교를 향하는 리무진 안에서 그들과 함께 담소를 나누고 김밥과 간식을 먹으며 안개 자욱한 고속도로를 달리기 시작했다.

참으로 얼마 만인가? 안갯속을 달린 지 얼마나 지났을까? 햇살이 창으로 쏟아진다. 눈부신 세상을 보기 민망한지 모두 창문 가리개를 내린다. 서울에서 출발하여 지루할 정도로 달린 버스가 드디어 3사관학교라는 표지 팻말을 따라 우회전하니 영천의 넓은 개활지에 벼가 노랗게 익어가고 있다. 누구는 화산 유격장을 떠올렸고 단포강을 지날 때는 생도 시절 유격 훈련 중 유명을 달리한 동기생들의 이름이 오르내리기도 했다.

반가운 얼굴들이 보인다. 수양록에 거론된 팔백마흔일곱 명의 동기생이 이 교정에서 피땀을 흘리며 젊은 시절을 불태웠지만, 그중에서 그냥 스쳐 지나간 인연도 여럿 있다. 중대 또는 병과가 다르거나 임관 후에 근무지에서조차 볼 수 없어 말 한번 섞을 수 없었던 친구들은 50년이 지난 후에도 그저 스치는 인연 정도로 생각이 된다. 그러나 한솥밥을 먹었다는 동질감만으로도 마음속에서는 동기생이라는 전우애가 싹튼다.

학교 곳곳은 50년 전의 모습과는 너무나 많이 달라졌다. 우리는 입교하여 임시 구막사를 이용했다. 최신식 건물이 즐비하게 들어서고 정문 앞 조형물도 바뀌었다. 입교 초기, 난생처음 구경하는 낯선 환경에서 일석점호를 받고 곤한 몸을 누이면 취침나팔 소리가 처량하기 그지없어 남몰래 베갯잇을 적시던 적도 있었다. 아련한 추억이 서려 있는 그곳에는 가을 색이 단아하게 물들어 가는 캠퍼스 같은 느낌이 났다.

이 행사를 위해 많은 동기생이 노심초사 고생했다는 것을 모르는 동기생은 없을 것이다. 그러나 완성도 높은 한 행사의 성공은 겉으로 드러난 동기생뿐만 아니라 말없이 뒤에서 긍정해 주고 응원해 준 그림자 같은 동기생들도 있음을 우리는 잊어서는 안 된다.

그럼에도 불구하고 추진위원회와 기능기부 동기생, 그리고 각 중대를 아우르는 임원들의 노고는 침이 마를 정도로 칭찬해도 모자랄 지경이다.

곱게 익어가는 우리들

어느덧 가을 단풍이 익어가듯이 우리들의 모습에도 단풍이 물들기 시작했다. 곱게 물든 단풍이 석양에 나부낄 때 그 아름다운 모습을 본 적이 있는가? 석양에 곱게 물들어 가는 단풍처럼 익어가는 동기생들과 그 가족들의 모습이 보기 좋았다. 어차피 세월은 시간표에 맞춰 등 떠밀어 주고 우리는 그 시류時流에 맞추어서 흐르면 되는 일이다. 시냇물이 흐르다 보면 다시는 돌아올 수 없는 곳을 스쳐 간다. 지나간 곳은 그리움으로 채워지게 마련이 아닌가?

건강이 최우선임을 누군들 모르겠는가? 그러나 그것조차 인간의 의지만으로는 어쩔 수 없는 부분이 있음을 우리는 안다. 그래서 지팡이에 의지한 채, 전우들이 그리워 불원천리 찾아온 동기생의 용기에 난 마음속으로 손뼉을 쳐주었다.

　호국정으로 가는 길에 생도 교차칼 지점에서 많은 사람이 추억 사진을 찍는다. 그런데, 혼자 서성이된 부인이 혼잣말로(들으라는 듯이) "과부는 교차칼도 안 해주네" 중얼거렸는데, 곁에서 사진을 찍어주던 나는 황급히 교차칼을 시켜 그 부인의 사진을 찍어드렸다. 동기생 미망인인 줄 알고 먼저 찍어드렸다. 애기를 하다 보니 나도 잘 아는 동기생의 부인인데, 그 동기생이 몸이 불편한지 호국정에 미리 가서 자리를 잡고 있었나 보다. 그러니 혼자 걸어가던 부인이 우스갯소리로 한 말인 것을 알고 멋쩍게 웃었다.

　"사진은 내가 잘 찍어 놓았으니 연락하면 보내드리겠습니다." 추억에 남는 행사는 시간이 지나면 잊혀져 가지만 수양록에 수록된 추억은 두고두고 볼 수 있으니 참 좋을 듯하다. 대화는 자주 못 했지만, 글을 통해 그 친구의 삶을 그나마 깊이 들여다볼 수 있으니 이 또한 축복이 아니겠는가? 행사 추진위원장이 행사를 위해 수고해 주신 분들을 일일이 거명하여 감사를 표한 바와 같이 우리 모두도 그분들에게 감사한 마음을 전한다.

　모든 행사를 마치고 학교를 떠나는 순간까지 복장을 갖춰 입고 나와 악기를 연주해 주던 군악대원들, 그리고 노병을 위해 열병과 분열을 하며 고생하신 후배님들, 태권도 시범단 등, 행사 스텝 모든 분에게 감사의 인사를 전한다. 세월은 또 부질없이 흘러 그리 멀지 않은 어느 날, 우리는 또 만날 수 있지 않을까 하는 기대감과 희망을 품으며 이 글을 마친다.

1중대 교번 10858 김종억 글(2024.10.12)

추석 명절의 추억하나

내일이면 을사년(2025년도) 추석 명절날이다. 세월은 참으로 유수와 같이 흘러 긴 여름 지나고 을사년 추석 명절이 불쑥 다가왔다. 아이들은 모두 미국에 정착하여 나름대로 열심히 살고 있으니 집에는 덩그러니 부부만 남아 모처럼 시끌벅적한 추석 명절이 아니라 적적하기 그지없는 명절이 되고 말았다. 추석명절하면 여러 가지 추억이 있으나 그중에서 군시절에 맞이했던 이야기가 불현듯 떠오른다.

벌써 약 30여 년이 훌쩍 지난 추석의 이야기다. 당시 직업군인이었던 나는 추석 명절이 돌아오자 추석 차례도 못 지내고 병영에 묶여있는 병사들이 가장 쓸쓸하고 허전해하겠다는 마음에 이들에게 조금이나마 위로가 될 수 있는 것이 무엇일까 생각했다.

당시에는 병영 안에서 병사들이 휴대전화를 소지할 수도 없을 뿐만 아니라 공중전화조차 마음대로 쓸 수 있는 여건이 아니었다.

대대 주임원사에게 지시해서 내무실 중 가장 밝고 깨끗한 내무실을 골라 추석 차례상을 정갈하게 준비시켰다. 추석 당일 아침, 병사들이 대여섯 명씩 조를 이루어 조상님과 고향에 계신 부모님을 생각하면서 술 한잔 올리면서 차례를 지내도록 하였다.

예전에 없었던 병영에서의 추석 차례 행사에 병사들은 다소 상기된 표정으로 예를 올리기 시작했다. 한참을 그렇게 차례 행사가 진행

되는 도중, A라는 한 병사가 차례상에 절을 올리다가 엎드린 채, 어깨를 들먹이고 있었다. 처음엔 깜짝 놀랐다. 엎드린 채 심하게 어깨를 들썩이며 흐느끼고 있는 A 일병을 보며 그를 지휘관 실로 불러 자초지종을 들어봤다.

A 일병은 서해의 도서지역島嶼地域인 강화도가 고향인데, 일찍이 아버지를 여의고 어머니 홀로 자신을 키웠다는 것이다. 그런데 A 일병이 태어난 날이 하필 추석 명절날이었다. 군에 입대 후 처음으로 맞이하는 추석 명절에 아버지 없이 홀로 고생하면서 자신을 키워주신 어머니 생각이 문득 난 것이다. 차례상 겸, 곁에 없는 아들 생일상을 차려놓고 홀로 눈물지을 어머니를 생각하니 갑자기 울컥 올라와서 차례 도중 울음을 터뜨렸다는 것이다.

가슴이 알싸했다. 당시만 해도 지휘관 실에서는 일반 전화기가 있어 전화를 할 수가 있었다. 난 즉시 A 일병의 어머니에게 전화를 걸어 모자지간에 전화로나마 통화 상봉을 시켜주었다. 모자지간의 눈물 어린 통화를 지켜보는 내 마음도 어느새 촉촉이 젖어왔다, 마지막으로 나를 바꾼 후, 두 번, 세 번 고맙다는 말을 전하는 A 일병 어머니의 반 울음 섞인 목소리가 지금도 귀에 쟁쟁하다.

30여 년이 훌쩍 지난 지금, 사회의 어느 곳에서 열심히 살아가고 있을 A 일병의 근황이 궁금해진다. 그 시절, 추석 명절에 병영 안에 차례상을 준비했던 일은 지금 생각해 봐도 참 잘한 일이라고 생각이 들면서 금년도 추석엔 모두가 행복한 명절을 보냈으면 좋겠다는 생각을 해본다.

「뚝섬갈비」

'무를 통째로 김장 속에 켜켜이 넣었다가 살짝 언 채로 꺼내서 반으로 쩍 갈라놓고 탁배기 한잔에 안주삼아 한 입 썩 베어 물면 거기서 나오는 시원하고 달콤한 물이 입에서 살살 녹았다.'

어쩌다 시내를 나갈 때, 제일 먼저 마주치는 게 한강이다. 잘 가꾸어진 시민공원에서 젊은이들이 한데 어우러져 축구와 농구를 하는 모습, 시원한 복장으로 조깅을 하는 사람, 인라인스케이트를 즐기는 가족들, 자전거를 타고 달리는 동호회원들의 모습을 보면서 참으로 마음이 푸근해지는 느낌을 받곤 한다.

어느 날, 우연히 한강漢江을 따라 내려가는데 잠수교 못미처 한강 둔치에 보리 베기(밀 같기도 하고)체험장 옆을 지나가게 되었다. 도로 밑으로 잘 가꾸어진 보리밭이 강물과 어우러져 한 폭의 고즈넉한 시골 풍경을 연출하고 있었는데 도시의 풍경치고는 색다른 느낌으로 다가왔다. 언제 보아도 도도하게 물결치는 한강漢江은 서울 시민의 젖줄이며, 아울러 나의 마음을 평화롭게 해주었고 아련한 옛 추억을 불러일으킨다. 영동대교 건너 북쪽 끝자락 어디쯤이 뚝섬이다. 지금은 인공적인 공원이 조성되어 옛날처럼 북적대지는 않아도 그곳을 지날 때마다 늘 생각나는 것들이 있다.

60년대 후반에서 70년대 초반의 일이다. 나는 그 시절 뚝섬에 살았었는데, 그곳은 황량한 벌판이었다. 서울역에서 뚝섬까지 오는 버스는 일반버스와 좌석버스 딱 2대뿐이었고 버스의 마지막 종착지는 종점이라고 불리는 뚝섬유원지 입구였는데, 당시에 얼마 전까지만 해도 한 정거장 전인 삼거리가 종점이었다. 이후, 구종점이라고 불리게 된 이곳이 그나마 뚝섬의 번화가였다.

구종점을 중심으로 상권이 이루어졌고 그곳으로부터 약 10여 분간 걸어 들어가면 노룬산 이라는 동네가 나온다. 그곳은 화양리와도 그리 멀지 않은 곳이었는데 슬레이트집들이 듬성듬성 동네를 형성하고 있었다. 그나마 구종점을 중심으로 시장市場과 선술집, 상점과 파출소, 그리고 딱 한 개밖에 없는 목욕탕과 이곳저곳에 공장들이 들어서 있었다.

대부분의 사람들은 구종점에서 내려 걸어서 집으로 들어가곤 했는데, 참새가 방앗간을 그냥 지나칠 수 없듯이 기분이 좋아서 한잔, 나빠도 한잔, 이래저래 한 잔 걸치고 들어가기 일쑤였는데, 웬만한 대포집에 들어가면 빠지지 않고 나오는 것이 시원한 무 김치였다.

또한, 카바이드 등의 매캐한 냄새가 진동하는 포장마차에서 짭짤하면서 뒷맛이 달콤한 멍게와 해삼을 안주 삼아 한 잔술에 취해 흥얼흥얼 노래 부르며 집으로 향하던 애환이 서린 곳! 그 곳이 바로 뚝섬의 구종점이었다.

그 시절 웬만한 음식점이나 대포 집에 들어가면 빠지지 않고 나오는 것이'뚝섬갈비'였다. '뚝섬갈비…' '뚝섬갈비'를 말하자면 …

정확히 확인은 안 해 보았지만, 서울에서 나오는 대부분의 생활쓰

레기와 인분은 거의 뚝섬으로 실려 오는 것 같았다. 먼지를 뿌옇게 뒤집어쓴 쓰레기차가 뻔질나게 살곶이 다리를 넘어 뚝섬으로 달려오는가 하면, 널따란 밭 가운데서 세워놓은 냄새가 진동하는 인분차를 심심찮게 볼 수 있었으니 아마도 맞는 말일 것이다.

그 시절 서울에 사시던 분들은 흔히 들을 수 있는 소리, 한가한 대낮에 탁하게 울려 퍼지는 리드미컬한 소리…"똥퍼!~ 똥퍼!~" 그런 날이면 동네가 온통 인분 냄새로 진동을 하고 그 곳을 지나가기 위해 코를 막고 달리던 기억들… 그렇게 수거된 오물이 뚝섬의 널려있던 밭으로 와서 거름으로 뿌려지는 것이었다.

집은 옹기종기, 대부분 황량하고 벌판처럼 넓은 밭으로 남아있었던 뚝섬에는 늦가을이 다가오면 듬성듬성 밭구덩이를 파놓고 수거해온 인분을 쏟아붓기 시작하였다.

봄 농사가 시작될 때까지 그 상태로 두는데, 술 한 잔 거나하게 걸치고 희끄무레한 달빛이 비치는 밤에 멋모르고 가로질러 간다고 밭으로 들어섰다가는 어느 순간에 그 걸쭉한 구덩이에 빠져서 허덕이게 됨을… 그런데, 구덩이의 크기가 하마 입처럼 커서 낭패를 본 사람들도 꽤나 있었다. 누구는 채독에 걸려 고생했다고 하기도 하고, 누구는 빠진 구덩이에서 헤어나려고 발버둥 칠수록 깊은 수렁으로 점점 빨려 들어가 죽을 뻔 했다는 이야기…

즉, 블랙홀, '똥구덩이'에 빠져 고생했던 에피소드는 그 시절 뚝섬근처에서 살았던 사람들이라면 누구나 한 두 번은 들어서 알고 있던 흔하디흔한 얘기가 되어버렸다. 그 이야기는 마누라 없인 살아도 장화 없인 못산다고 하던 답십리 지역에서도 흔하게 있었던 이야기 인 듯하다.

그래서 그런지 뚝섬에는 봄부터 가을까지 늘 싱싱한 채소가 넘쳐났다. 널따란 밭에는 김장 무와 배추로 넘실거렸으며, 경동초등학교(그 당시)로부터 허허벌판이 시작되어 화양리에 이르는 곳이 모두 채소밭이었는데 뚝섬에 살던 서민들은 야채농사를 지어 역逆으로 중앙시장이나 방산시장 등에 내다 팔아 쏠쏠한 수입을 올렸다.

말하자면 서울의 근교농업近郊農業이 뚝섬을 중심으로 발달했던 것이다.

그래서 그런지 뚝섬의 어느 식당이나 작은 선술집에라도 들어가면 뚝섬갈비가 아주 훌륭한 반찬이자 안줏거리였다.

뚝섬에서 생산되는 무를 통째로 김장 속에 켜켜이 넣었다가 적당하게 양념간이 배어 숙성된 무를 살짝 언 채로 꺼내서 반으로 쩍 갈라 내놓으면 그 맛이 가히 일품이었다. 밥반찬으로도 훌륭했고, 막걸리 한잔에 안주 삼아 한 입 썩 베어 물으면 거기서 나오는 시원하고 달콤한 물이 입에서 살살 녹았다. 그게 바로 '뚝섬갈비'이었다.

특별히 '뚝섬갈비'가 시원하고 맛이 있었던 것은 자연산 영양분을 충분히 섭취하고 잘 자란 무가 원인이었을 것이다.

그 어려웠던 시절에, 가난한 사람들은 그나마 흔해빠진 채소조차 살 돈이 궁핍해 주인이 가을걷이를 다 하고 난 밭에 가서 시래기와 무청을 주워 다가 겨우살이 준비를 하곤 하였다.

그것만 가지고도 겨울을 풍족하게 날 수 있었던 시절의 얘기이다. 배는 곯아도 따뜻한 인심 하나만으로 매서운 엄동설한을 견뎌낼 수 있었지 않았을까?…

참으로 아련한 추억이다. 한여름 더위에 시민들의 발길은 뚝섬유원

지로 몰렸다. 시원한 강江바람에 꼬마 녀석들은 다투어 물속으로 첨벙
첨벙 뛰어들었고 청춘 연인들의 해맑은 웃음소리와 서민들의 여름나
기에 안성맞춤이었다.

그래서 그런지 그곳이 분명 서울 시민이 수돗물로 사용하는 상수
원 지임에도 밀린 인파가 콩나물처럼 북적대는 바람에 물은 뿌옇게 변
했는데…….그러나 수돗물 먹고 잘못된 사람 있다는 얘기는 들어보지
못했다.

연인들의 데이트 장소로, 동네 주먹 패들의 세력다툼의 장으로, 하
얀 모시 적삼에 갓끈 길게 늘어뜨리고 부채를 무기 삼아 한여름의 무
더위를 식히시는 할아버지까지 뚝섬유원지는 모든 사람들의 편안한
휴식처였다.

한겨울에는 강태공들이 신이 났다. 한강 한가운데서 세숫대야만 한
구멍을 여기저기 뚫어놓고 낚싯줄을 드리웠다. 군밤 장수가 쓰던 벙거
지 푹 뒤집어쓰고 그 추운 얼음 위에 앉아 하릴없이 세월만 낚는 듯
한 모습이 지금도 눈에 선하다.

한 쪽에서는 아이들이 썰매나 스케이트를 지쳤다. 잘 사는 부류의
아이들은 스케이트를……. 대부분의 아이들은 썰매를 탔던 것으로 기
억하는데, 하얀 입김 호호 불며 얼음을 지치다보면 어느새 이마에는
송골송골 땀이 맺힌다. 티 없이 맑은 아이들의 웃음소리가 한없이 평
화로워 보이던 그 시절!…

비록 먹거리는 늘 부족했지만, 마음 하나만은 서로 돕고 사는 이웃
으로써 끈끈한 정을 나누던 그 시절, 뚝섬갈비는 서민들이 어울려 정
을 나누고 베풀던 소중한 음식이었다.

한번은 중앙시장인지 방산시장인지 친구가 있어 놀러 갔는데, 그곳에서 보았던 일명 '다다미방'과 '꿀꿀이죽'이 무척 인상적이었다. 시장 한 귀퉁이에는 미군 부대에서 먹다 남은 음식 찌꺼기를 어떤 경로를 통해 빼돌린 후, 드럼통 반 쪼개어 그곳에 통째로 이것저것 몽땅 넣고 서너 시간을 푹 끓이면 걸쭉한 죽이 되는 것이다. 이것이 없는(못사는) 사람들에게는 없어서는 안 될 영양가 높은 '꿀꿀이죽'이었다. 사실 맛이 좋아 그것을 먹을 사람이 어디 있었겠는가! 두부 넣고 자글자글 끓인 된장찌개, 김이 모락모락 오르는 하얀 쌀밥에 기름 자르르 흐르는 김 한 장 살짝 얹어 먹어보는 것이 평생소원이던 시절에…

하지만 끼니가 간데없는 절박한 사람들에게 이것저것 가릴 여유가 있었겠는가? 그거 한 그릇 쭉 비우고 나면, 캬아! 허기진 배가 뿔뚝 올라오고 살 맛 나네.

그렇게 배가 부르면 다음에는 잠자리가 문제였는데, 시장통 후미진 어느 곳인가에 가면 불도 때지 않는 2층 '다다미방'이 있었다. 하루 벌어 끼니를 때우던 노동자들이 하루저녁에 단돈 얼마로 잠자리를 해결하던 곳이었는데, 그곳에는 지게꾼, 날품팔이, 우유배달부, 신문팔이와 구두닦이 하는 아이들, 지방에서 가출해 무작정 상경한 청소년, 이러저러한 사정이 있는 사람들이 한데 어울려 잠자던 곳이었다. 지독한 냄새와 코고는 사람, 이 가는 사람, 가위눌린 사람, 방귀 뀌는 사람, 아무튼 한마디로 인간시장人間市場이었다.

비좁은 방이었지만 여러 사람들이 부대끼며 누우면 사람의 온기에 그렇게 춥지는 않았던 것 같았다.

그곳에서 친구와 하루 저녁을 자고 나오던 날이 지금도 눈에 선하다. 친구는 그 당시에 아르바이트로 우유배달을 했는데, 지금은 의료기 계통에 당당한 사장님이 되어 계신다.

그게 6~70년대를 살아온 우리 부모와 우리들의 세상이었다. 그렇다 하더라도 인정 하나만은 살아 있었다. 지금처럼 자기중심적이고 삭막하지는 않았다.

힘들고 어려울 때에 자기 일처럼 걱정해주고 돌보아 주던 인정은 우리 민족이 조상 대대로 물려받은 보이지 않는 소중한 유산인데, 작금에 와서는 그마저도 퇴색되어 가고 있다는 느낌에 안타깝기 그지없다.

요즘은 젊은 사람들 사이에 김장을 담그지 않고 사 먹는 습관이 생겼다고 한다. 물론 맞벌이 부부들의 이야기이겠지만… 비닐하우스 재배로 또는 채소의 저장방법이 발달하다 보니 한 겨울에도 싱싱채소를 흔하게 구할 수 있다. 맞벌이 부부를 위한 반찬가게에서는 언제라도 각종 김치를 살 수 가 있어 더 이상 힘들여 김장을 하려고 하지를 않는다.

이미 세월이 많이 흘러 우리들의 삶의 방식과 문화도 서서히 바뀌어 가고 있다. 쉽게 살려고 하는 것은 그만큼 이 사회가 다원화되고 복잡해진 까닭일까?…

하기야 부부가 같이 힘들여 경제활동을 하는 이 마당에 구태여 여성들에게 짐 지워졌던 겨울 김장 담그는 일을 누군들 좋아할까만…

이제는 맞벌이 부부뿐만이 아니라 일반 가정에서도 김장담구는 일을 귀찮아해서 반찬가게에서 사 먹는 경향이 높아가고 있다고 한다. 하물며 금년도에는 태풍 '매미'의 타격으로 채소 작황이 좋지를 않아서 중국에서 무더기로 김치가 수입된다는 얘기도 있다.

　겨울철 김장 얘기는 얼마 후면 먼 이웃 나라의 얘기가 되지 않을까 하는 우려도 된다. 사철 아무 때고 필요하면 사 먹을 수 있는 편리함도 좋겠지만 제철에 맛보는 과일과 채소는 그만큼 많은 영양을 골고루 우리에게 전해주는 소중한 것임을 우리는 결코 잊어서는 안 될 것이다. '겨울에는 김장이 반양식'이라며 바리바리 배추와 무를 실어다가 김장독 가득히 채워놓고 연탄 몇 백 장 들여놓으면 겨울걱정 끝! 하던 그 시절과는 많이 달라진 풍습이다.

　우리의 인생에 있어 최상의 목표인 '진선미眞善美'를 추구하는 여정에 편리함만을 추구하기보다는 부족하더라도 더불어 살아가는 아름다움이 우선한다면 얼마나 인간적이고 정이 넘치는 사회가 될까 감히 상상해본다.

　조상으로부터 대대로 물려받은 보이지 않는 나눔의 미학을 잘 다듬고 가꾸어 후손들에게 길이 남겨주어야 할 책임이 이 시대를 살아가는 우리들에게 있음을 공염불처럼 중얼거려본다.

만추晩秋로 물든 이화장梨花莊을 가다

　최근 한국의 한일군사정보보호협정(GSOMIA·지소미아) 종료 연기 결정에도 불구하고 66년간 이어온 한미동맹의 파열음이 여기저기에서 감지된다.

　한 해의 끝을 향해 달려가는 11월의 끝자락에 만추晩秋로 물든 이화장梨花莊을 찾았다. 이화장梨花莊은 서울특별시 종로구 이화동 1번지에 위치한 건축물로 서울특별시 기념물 제6호로 지정되어 있다. 이 집은 해방 후 귀국한 이승만이 안정된 거처를 마련하지 못해 불편한 생활을 하는 것을 알게 된 권영일 등 33인이 돈을 모아 1947년 이 집을 사서 기증했는데, 이때부터 이화장이라 부르게 되었다. 이화장梨花莊이란 이름은 '조선 시대에는 이곳에 배나무가 많이 있어서 이곳 정자의 이름인 이화장에서 유래되었다.'고 한다.

　지금은 이승만 대한민국 초대 대통령의 양아들인 이인수 박사 부부가 이곳을 지키고 있었다. 미리 연락하고 온 터라 온화한 미소로 반갑게 맞이해 주시는 부부의 안내를 받아 은은한 차향이 가득한 거실로 들어섰다. 거실 중앙 벽면에는 생전의 이승만 대통령의 사진을 중심으로 태극기와 성조기, 유엔사 깃발이 가지런히 꽂혀있었다.

　이인수 박사는 머리는 비록 백발이었으나 아직도 정정한 모습으로 생전의 우남 이승만 대통령의 삶에 대해서 한마디 한마디 힘주어 애기해 주었다.

이승만 대통령은 대한민국 건국의 아버지로 불린다. 미국에서 독립 운동을 하다 해방과 더불어 귀국하여 미 군정 종료 후 대통령이 되었으며 6·25전쟁을 치르며 잿더미로 변한 나라를 부흥시키려고 무한 노력했다. 제2차 세계대전 후 초강대국이 된 미국과 우호 협력관계를 돈독히 하고 한미방위를 튼튼히 하는 등 나라의 기초를 세웠다.

풍운아 이승만은 민주 공화제를 위한 혁명을 모의하다가 발각되어 5년 7개월간 한성 감옥에 수감되었다. 이때 한국의 독립과 발전 문제를 다룬 〈독립정신〉을 집필했다.

한성 감옥에 수감되었을 때 옥중에서 집필한 역사서 〈독립정신〉에서 "독립정신이 깊이 박혀, 한 사람이라도 대한독립을 지키겠다는 정신만 살아있다면, '독립'이라는 말이 없어져도 두렵지 않다"며 "오로지 백성들의 정신 속에 독립의 의지를 심어주는 것이 무엇보다 시급하기 때문에 이 책을 황급히 쓴다"고 만천하에 밝혔다.

석방된 후 고종 황제의 특사로 미국에 파견되어 시어도어 루스벨트 대통령을 면담하는 등 구국 외교 활동을 벌였으나 을사늑약 체결에 실망하여 유학의 길을 택했다.

1950년 6월 25일, 북한 공산군은 압도적인 무력으로 남한을 기습 공격하는 6.25사변을 일으켰다. 절대적으로 약세였던 대한민국은 공산화될 수밖에 없는 상황이었다. 전쟁이 장기화하자 미국은 전쟁 포로를 교환하고 휴전협정을 맺고 철수하려고 했다. 이에 이승만 대통령은 한반도의 공산화를 막고 2만 7천여 명의 포로를 구출하기 위해 반공 포로 석방을 단행했다. 기습적인 조치로 휴전이 지연되자, 미국은 이승만의 요구대로 1953년 7월 12일 한미 상호방위에 가조인했다.

이때 이승만 대통령은 "우리의 후손들은 여러 대에 걸쳐 이 조약의

혜택을 누릴 것이다."라고 예언했다. 한미동맹으로 대한민국은 5천 년 역사상 최초로 65만 대군을 거느린 군사 강국으로 성장했다. 이승만 대통령은 미국을 중심으로 한 UN 연합군의 참여를 이끌어내 국가와 국민을 지켜냈다.

오스트리아 출신인 프란체스카 여사는 체구는 작지만, 매우 아름다운 여성이다. 1934년 10월 8일, 가족의 국제결혼에 대한 만류와 반대 속에 뉴욕의 클레어몬트 호텔에서 윤병구 목사와 존스헤인스 목사의 공동주례로 이승만 박사와 결혼한 후 독립운동가의 아내로서 험난한 인생행로가 시작된다.

그녀의 소지품 중 핸드백은 모서리가 닳도록 사용했고, 몽당연필은 붓대를 끼워 쓰기도 했다. 특히 양산을 30년 동안 사용할 정도로 늘 검소해 일반 국민들에게 모범이 되었다. 나라가 어려울 때였지만 국모로서 참으로 검소한 생활을 했다.

며느리 조혜자 씨는 아직도 단아한 모습으로 다과茶菓를 준비하여 손님을 접대하고 있었다. 시어머니 프란체스카 여사와 이화장에서의 삶에 대한 회고를 하는 모습에서 얼굴은 불그레 상기되었다.

이승만 대통령이 서거 후에도 프란체스카 여사는 이화장에서 이인수 박사 부부와 함께 살았다. 시어머니인 프란체스카 여사는 끔찍이도 아들을 챙겼다고 한다. 남자는 발이 따뜻하고 머리는 차야 건강하게 오래 산다고 하시면서 아들이 들어오면 신발은 반드시 실내로 들여놓아야 한다고 며느리에게 신신당부했다.

한번은 며느리인 조혜자 씨가 프란체스카 여사 방에 갔더니 경대 위에 바를 정正자로 체크가 되어있어 무슨 일인가 했다. 어느 날, 부엌에서 점심을 먹다가 아들인 이인수 박사가 사레가 들려 기침을 했다.

그러자 프란체스카 여사가 하는 말이 "너 말이야 그렇게 남편 구두 들여놓으라고 당부했더니 이달 들어 17번이나 안 들여놓아 감기 걸리게 만들지 않았느냐"며 채근을 하시는 것이었다. 경대 위에 바를 정正자 표시는 구두를 방에 들여놓지 않은 숫자를 체크해 놓은 것을 그제야 알았다고 하면서 한바탕 유쾌하게 웃었다.

은근히 속은 상했지만, 프란체스카 여사의 아들 사랑은 누구 못지않았음을 알게 되었다고 한다.

평소 근면 검소한 프란체스카 여사는 이화장을 지을 때도 지금보다 조금 크게 지었으면 하는 아들 내외의 마음과는 달리 크게 지으면 기름값이 많이 나간다고 하여 다소 작지만, 지금의 집을 지었다고 한다.

거실에서 나와 이화장을 둘러보기로 했다. 이미 가을이 무르익은 이화장은 고즈넉한 풍경으로 머물러 있었다. 이 집의 구조는 이승만 대통령 내외가 살던 본관, 내각을 구상하고 조각을 발표했다는 조각당, 1985년 이화장의 효과적인 보존관리와 유족들의 생활을 위해 지은 생활관이 있다. 이외에 1988년 8월 15일 건국 40년을 기념하여 국내외 동포들의 모금으로 건립된 이승만 동상이 있다.

대한민국 건국 내각 명단을 발표했던 조각당組閣堂은 마루 2평, 방 2평 반 정도의 아주 작은 공간이다.

이승만 대통령은 우리 역사의 가장 어두웠던 시대를 밝힌 희망의 불빛이었다. 대한제국기에 계몽운동과 구국 투쟁을 펼쳤고 국권을 탈취당한 후에는 독립운동에 앞장섰다. 해방 이후에는 자유 민주주의의 대한민국 건국에 헌신했다. 비록 말년의 과過만이 부각되고 왜곡되어 수많은 공功이 외면당하고 있는 현실은 다소 아쉽다는 생각을 하면서 발길을 돌렸다.

내 인생의 스킨십

심정적으로는 가까운 듯하면서도 막상 내면에 들어가 상대방을 자세히 바라보면 왠지 낯설어 보이는 장벽이 있음을 실감하는 관계가 일상의 인간관계人間關係가 아닌지 모르겠다.

보이지 않는 얇은 벽, 그 벽이 별것이 아니라고 생각하며 살았는데 어쩌다 그 얇은 벽이 콘크리트처럼 두껍고 단단하게 느껴질 때 느끼는 막막함, 그런 것들이 내가 살아가는 삶의 현주소가 아닐까?

나에게도 그런 관계가 존재한다. 어느 날, 우연한 술자리가 있었다. 술자리가 끝나갈 무렵, 각자 거나해진 기분으로 자리를 털고 일어났는데, 취기에 약간은 비틀거리는 그분의 손을 내가 먼저 잡아드렸다. 그분은 어린 시절 나의 초등학교 은사님이셨다. 평소 어렵기 그지 없던 그분도 이제는 많이 연로하신 모습이기에 가까이 다가갈 수 있는 마음과 용기가 생겼는지도 모른다. 의례적인 악수 정도와 반갑게 인사말을 건네기는 했지만, 신체접촉이나 손을 마주 잡고 걸은 적은 한 번도 없었다.

어떻게 그런 용기가 났는지 나 자신도 잘 모르겠다. 평소 꼿꼿하신 그분의 성품을 익히 알고 있는지라 늘 어렵게만 생각해 오던 터에 술한 잔의 취기가 늘 상상하지 않던 그분의 인간적인 모습을 뵙는 순간, 나도 모르게 손을 내밀어 잡아드린 것이다.

따뜻함이 마음속까지 전해져 보이지 않게 마음에 있던 얇은 벽조차 한순간, 스르르 녹아 없어지는 느낌이 너무 좋았다. 술기운 때문인지 어색하지도 않았고 오히려 따뜻함이 마음으로 전해지고 있었다. 짧은 그 순간, 그렇게 마음의 벽은 사라지고 한층 정겨움을 느끼던 순간이었다.

몇 년 전이던가… 오월 어떤 스승의 날에 사십여 년 전 초등학교 시절의 은사님 몇 분을 초대해 저녁 식사 대접을 한 적이 있었다. 물론 동기 몇 명과 함께 은사님들을 모시고 즐거운 저녁 시간을 가졌고, 모처럼 기분이 좋으셨던 은사님들을 모시고 2차 노래방까지 가게 되었다.

모두 교직에서 정년을 맞으신 은사님들은 옛 제자들의 초대에 무척이나 기뻐하시고 흡족해하시는 모습이 생생했던 그 날, 귀가하시는 은사님들에게 택시 잡아드린다고 밖으로 모시고 나왔는데, 택시를 잡으려는 나를 한사코 말리시더니 그곳에서 제법 떨어진 버스 정류장까지 같이 걸어가자고 하셨다.

몇십여 년 만에 은사님과 같이 걷던 중에 은사님이 내 손을 슬며시 잡으셨다. 따뜻했다. 그 따뜻함이 마음속까지 전해져 왔다. 은사님은 언제나 어려운 분이셨다. 먼발치에서만 그분의 동정을 살피거나 공부를 가르칠 때의 엄격함이 항상 거리를 두게 되었다.

스승의 그림자조차 밟으면 안 된다고 알고 있던 나에게, 따뜻함이 전해져 오는 은사님의 손은 한순간에 어렵게만 느껴졌던 벽을 허물어뜨리고 말았다.

언제나 존경은 하면서도 가까이하기에 어려웠던 스승님과 손을 꼭 잡고 버스 정거장까지 오는 짧은 거리였지만 그날따라 덥석 잡아주신 손이 너무나도 따뜻해서 한순간에 마음의 얇은 벽조차 허물어 버린 순간이었다.

젊어서이었으면 더욱 좋았을 것을, 이제 하회탈 같은 주름이 주렁주렁, 스승이나 제자나 같이 늙어간다는 말을 듣기 십상인데, 마음을 텄으니 그나마 다행이라는 생각을 하고 자주 찾아뵙고 막걸리라도 한 잔씩 대접해 드리고 싶다는 생각이 솔솔 피어오른다. 은퇴 후의 삶이 누구에게나 그렇게 유쾌한 날의 연속이 아님을 어렴풋이 느끼던 그 시간, 은사님께서는 "자식들보다 제자인 자네들이 더 낫네, 고맙네." 그렇게 좋아하셨는데…

얼마 전, 몇십 년 만에 따뜻하게 손을 잡아주셨던 은사님께서 세상을 뜨셨다는 소식을 바람결에 들었다. 좀 더 자주 안부 연락을 드리고 살아야 했는데, 그렇지 못한 죄스러움에 가슴속이 서늘해진다.

내가 세상을 살면서 얼마나 많이 크고 작은 어려움에 봉착하면서 살아왔는지, 또 그 어려움을 어떻게 풀어냈는지 나 자신에게 물어보면 아득하게만 느껴진다. 지나고 생각하면 참으로 사소한 감정인데, 그때마다 풀지 못하고 시간이 지나면서 굳어져서 어려운 관계를 지속했다는 반성을 하게 된다. 그럴 때마다 작은 스킨십 하나가 내 인생을 좀 더 따뜻하고 풍요롭게 할 수도 있다는 생각을 하게 한다.

내 인생의 스킨십!

가끔은 스킨십이 상대와 보이지 않는 마음의 벽조차 허물어 버리는 효과가 있긴 하다. 쑥스럽다는 감정을 극복하고 과감하게 시도한 스킨십은 말로는 표현하지 못하는 따뜻함을 전해 줄 수 있어 상대방에게 인색할 필요가 없다는 생각은 해본다.

나이 먹어감에 따라 이젠 좀 과감하게 스킨십을 시도해 봄직도 하지만, 혹, 오해받을 스킨십은 피해야 하겠지…

평론

"자연과 가까우면 나 또한 풍경이 된다" 서사

김 종 억 (시인·문학평론가)

프롤로그

"자연과 가까우면 나 또한 풍경이 된다"는 말은 운해 김종억 작가가 오래도록 품어온 삶의 지론이다. 그는 세상을 바라볼 때 언제나 소년 같은 눈빛을 간직하고 있으며, 사소한 사물 하나에도 호기심을 놓지 않는다. 그 순수한 감정과 끝없는 궁금증은 그의 글쓰기를 지탱하는 보고寶庫이자 마르지 않는 샘물이다.

여린 감정선에서 흘러나오는 섬세한 시선은 세상을 따뜻하게 감싸 안고, 그 온기는 자연스레 문장 속으로 스며든다. 그의 글은 꾸미지 않은 진심으로 독자의 마음에 다가가 오래도록 잔상을 남긴다.

그러나 그 부드러움 이면에는 쉽게 꺾이지 않는 강인한 심지가 있다. 현실의 거친 바람 앞에서도 물러서지 않고, 끝내 스스로의 길을 이루어내는 단단한 정신력을 지닌 작가이기도 하다. 그래서일까. 김종억 작가의 글에는 언제나 사람을 위로하는 따뜻함이 흐르고, 자연처럼 조용하지만 깊은 울림이 남는다.

이제 김종억 작가가 발굴한 언어의 미로 속으로 들어가 본다. 그 속에서 우리는 작가의 상상력과 마주하고, 시대의 아픔에 공감한다. 궁극적으로는 우리 자신의 내면과 빗대어 들여다보는 귀한 시간을 갖게 될 것이다.

I.

삶의 페달을 밟으며, 동해를 달리다, 라이딩 여정 속 인생의 파노라마 "동해안 자전거 라이딩"

「인생은 오르막길만 있는 건 아니다(2)」, 「동해의 푸른 물결을 헤치며 끝없는 수평선을 달리다(3)」, 그리고 「아~ 정동진…(4)」은 단순히 한 작가의 자전거 여행 기록을 넘어, 삶의 희로애락을 깊이 성찰하는 서정적인 수필이자 철학적인 에세이라 평할 수 있다. 60대 중반의 연륜에서 우러나오는 통찰력과 섬세한 감수성이 어우러져, 독자에게 깊은 공감과 감동을 선사한다.

1. 인생의 은유로서의 라이딩

이글의 가장 핵심적인 문학적 장치는 '자전거 라이딩'을 '인생'의 은유로 삼았다는 점이다. "인생은 오르막길만 있는 건 아니다"라는 첫 문장은 곧이어 펼쳐질 여정이 물리적인 길뿐만 아니라 삶의 굴곡을 함축하고 있음을 명확히 제시한다. "업힐(up hill)은 짧으면서 가파르게, 때로는 길고 완만하게 끝없이 이어졌다"와 같은 묘사는, 삶이 우리에게 던지는 고난의 다양한 형태를 상징하며, "가파른 업힐을 오를 때에는 온몸에 짜릿한 전율을 느껴야 했고 내려올 때는 순식간이었다"는 표현은 고통 속에서도 성취감과 희열을 찾는 인간 본연의 모습을 담고 있다.

2. 오감으로 그려낸 동해의 풍경과 시간의 흐름

동해의 자연 풍경을 단순한 배경이 아닌, 내면의 성찰을 돕는 중요한 매개체로 활용했다. 비릿한 바닷냄새, 속초 등대의 불빛, 푸른 바다의 넘실거림, 솔 향기 가득한 솔밭과 그 위로 솟아오르는 장엄한 일출의 묘사는 시각, 후각, 촉각 등 오감을 자극하며 독자를 글 속으로 끌어들인다. 특히 셋째 날 아침, 해무가 드리운 수평선 위로 떠오르는 일출 장면은 "아! 수평선 위로 올라오는 일출이 이렇게 아름다울 수가?"라는 감탄사를 통해 독자에게도 경이로움과 "덤으로 얻은 행복감"을 선사한다.

시간의 흐름에 따른 풍경의 변화 또한 인상 깊다. "어둠은 이미 장막처럼 세상을 덮치고 말았다"는 묘사는 낮의 활기찬 라이딩과 대비되는 밤의 고요함과 그 속에서 느껴지는 긴장감을 효과적으로 전달한다, "어둠이 완전히 점령해버렸다"는 표현은 시각적 이미지를 넘어 상황의 위급함까지 암시한다. 이는 작가가 자연과 풍경을 통해 감정과 서사를 심화시키는 탁월한 능력을 지녔음을 보여준다.

특히 "고통과 쾌락은 빛과 어둠처럼 끊임없이 교차한다"는 깨달음은 오랜 삶의 경험에서 우러나온 철학적 사유의 정수이며, 라이딩 과정에서 겪는 아찔한 순간(야간 라이딩 중 중앙분리대 말목 사고)과 안도감은 이러한 인생의 변주곡을 생생하게 전달한다. 이는 고통 속에서도 희망을 찾고, 작은 행복을 소중히 여기는 작가의 삶의 철학이 고스란히 반영된 결과라고 볼 수 있다.

II.

삶은 선물이다
"태백산 눈꽃산행"

"태백산 눈꽃 산행"은 고희를 넘긴 작가의 삶에 대한 깊은 성찰과 자연의 경이로움이 섬세하게 어우러진 서정적 작품이다. 매년 새해 첫날 이어지는 태백산 눈꽃 산행이라는 소재를 통해, 작가가 추구하는 '삶의 의미'와 '일상 속 작은 행복', 그리고 '인내와 성장'이라는 중요한 가치들을 아름답게 그려내고 있다.

1. 서정적 묘사와 생생한 현장감

작가의 섬세한 묘사력은 독자를 태백산의 한복판으로 이끌어 간다. "함박눈이 펄펄 날리는 고궁의 풍경은 참으로 멋스럽고 고즈넉했다"에서 시작하여 "전날 내린 눈이 그대로 나무에 얼어붙어 포근한 눈꽃으로 피어난 태백산", "두 팔 벌려 환영하듯 천년 주목이 우리의 가는 길에 흰색 주단을 깔아 환영해 주었다"는 표현은 자연의 아름다움을 시적으로 승화시켜 독자에게 깊은 감동을 선사한다. 눈꽃 산행의 장관을 "세상에서 가장 맛있는 라면"의 소박한 행복과 대비시키면서, '소소한 행복'을 발견하는 작가의 '삶의 철학'이 작품 곳곳에 잘 스며들어 있다.

2. 내면의 갈등과 외적인 역경의 조화

수필은 '고희를 넘긴 나이에 또 가야 하나?'라는 내면의 갈등으로 시작하여, 태백산으로 가는 길에 넘어져 부상을 입는 외적인 역경을 겪는 과정을 보여준다. 하지만 아내의 따뜻한 격려와 강한 의지로 이 모든 어려움을 극복하고 결국 태백산 정상에서 "이 순간 하늘이 나에게 준 최상의 선물"을 만끽하는 여정은, 시인의 '인내'와 '성장'에 대한 열망, 그리고 '성찰적'인 태도를 효과적으로 드러낸다. 특히 차가운 칼바람이 부는 정상의 환경과 "고통이 없는 행복을 말할 수 있을까?"라는 질문은 고난을 통해 얻는 진정한 가치를 역설적으로 강조하며 작품의 깊이를 더해준다.

이 수필은 단순히 태백산의 풍경을 그리는 것을 넘어, 인생의 희로애락 속에서 진정한 행복과 의미를 찾아가는 작가의 '성찰적인 삶의 태도'를 생생하게 보여주는 작품이다. 육체적인 한계를 넘어서는 '도전과 극복'의 과정, 자연 속에서 느끼는 '경이로움과 겸손함', 그리고 '주변 사람들과의 소중한 인연' 등 작가의 다양한 '가치관'과 '감정의 깊이'를 오롯이 느낄 수 있었다. 작가의 '문학적 감성'과 '철학적 사유'가 정말 돋보이는 작품이라고 생각한다.

III.
**노년의 삶과 우리 사회가 마주한 '노소 갈등'의 단면을
생생한 경험과 깊이 있는 성찰로 풀어낸 작품
"노을이 더 아름다운 이유"**

1. 개인적 경험에서 시작하는 사회적 성찰

수필은 지하철 9호선에서 목격한 두 가지 대조적인 에피소드로 시작된다. '새치기하는 할머니'에 대한 쓸쓸함과 '자리 양보해 준 노인'의

인자함에 대한 고마운 마음이다. '시니어의 길을 가고 있는' 화자 자신의 시선을 통해 노년층에 대한 사회적 시선과 자기 성찰을 동시에 유발한다. 이는 단순한 경험 나눔을 넘어, '노소 갈등'이라는 복잡한 사회 문제를 개인의 경험으로 섬세하게 풀어내는 작가 특유의 관찰력과 공감 능력을 보여준다.

2. '노소 갈등'의 현실을 직시하는 용기

화자는 '동방예의지국'이라는 옛 미덕이 사라진 현실에서 '노인은 꼰대'라는 프레임이 생겨난 배경을 탐색한다. 노인 자살률과 빈곤율이 높은 한국의 슬픈 현실을 직시하면서도, 무조건적인 노인 폄하를 경계한다. '모든 노인이 다 그런 것은 아니다'라고 말하는 균형 잡힌 시각을 유지한다. 종묘공원 노인들의 모습을 통해 드러나는 '무겁고 어두운' 표정에 대한 묘사는 현대를 살아가는 노년의 아픔을 관조한다. 이는 독자로 하여금 노년의 삶이 직면한 외로움과 고통에 대해 깊이 헤아리게 한다. 이는 화자의 '사회적 성찰'과도 맞닿아 있는 부분이다.

3. '아름다운 황혼'을 위한 내면의 자세

이 수필의 가장 핵심적인 메시지는 '어떻게 늙어갈 것인가'에 대한 화자의 철학적 답변에 있다. '얼굴은 인생의 성적표'라는 말처럼, 늙을 수록 마음의 너비와 따뜻함이 얼굴에 드러나야 한다고 강조한다. 법륜 스님의 "잘 물든 단풍은 봄꽃보다 예쁘다"는 비유를 인용한다. 잘 늙는다는 것은 '청춘보다 아름다운 황혼'을 만들 수 있는 내면의 힘이라고 설파한다. 단순히 나이 드는 것이 아니라, 긍정적인 태도, 베푸는 마음, 사랑하는 마음으로 삶을 가꿔야만 우아하고 아름다운 노년을 맞이할 수 있다는 지혜를 전하고 있다.

4. 고통을 통한 성숙과 '노을'의 메타포

수필은 절정을 향해 갈수록 '노을'의 메타포를 통해 주제 의식을 심화시킨다. "젊은 시절에 미처 태우지 못한 열정을 인생의 끝자락에서 아낌없이 태워버리는 일"이야말로 진정한 아름다움이다. "고통을 이기고 자신을 이겨온 자만이 누리는 아름다움"이 황혼이라는 통찰은 깊은 울림을 준다.

김종억 작가의 "노을이 더 아름다운 이유"는 노년에 대한 진솔한 고민과 우리 사회의 문제를 함께 짚어보며, 독자로 하여금 자신의 삶과 노년에 대한 태도를 돌아보게 하는 힘이 있는 수필이다. 작가가 추구하는 '삶의 의미와 아름다움에 대한 탐구 의지', '철학적 주제', '삶의 깊이와 여유'를 엿볼 수 있는 소중한 작품이다.

IV.
삶의 본질을 탐색하는 노년의 찬가
"질곡의 시간을 건너 희망의 언덕으로"

"질곡의 시간을 건너 희망의 언덕으로"는 노년의 삶 속에서 끊임없이 자신을 성찰하는 작품이다. 새로운 도전을 감행하며, 삶의 의미와 행복을 탐색해 나가는 한 개인의 숭고한 여정을 그려낸 작품으로 평가한다. 이 글은 자전적인 이야기의 형식을 띠고 있으면서도, 보편적인 인생의 지혜와 깊은 감동을 선사하는 문학적 깊이를 지니고 있다.

1. 구조와 서사적 특징 : '갑진년甲辰年 한 해'의 압축된 기록

이 글은 갑진년 새해 첫날 태백산 산행에서 시작하여 연말 시상식에 이르기까지, 작가의 2024년 한 해를 시간의 흐름에 따라 간결하게 구성하고 있다. 총 아홉 개의 소제목으로 나뉜 각 단락은 일종의 '삶의 에피소드'들을 담고 있다. 이는 마치 한 권의 자서전에서 주요 장면들을 발췌한 듯한 인상을 준다. 각 단락은 독립적인 사건을 다루면서도, "질곡의 시간을 건너 희망의 언덕으로"라는 전체 제목의 큰 주제 아래 유기적으로 연결되어있다. 작가의 끊임없는 성장과 도전을 관통하는 하나의 거대한 서사를 이룬다. 특히, 태백산 산행에서의 내면적 갈등과 깨달음이 서사의 시작을 장식한다. 이후 요양보호사, 당구 디렉터, 출판, 문학평론가 등 다양한 역할을 통해 '질곡'을 넘어서는 '희망'을 구체적으로 보여주는 구조는 매우 효과적이다.

2. 핵심 주제와 철학적 메시지 : 고통과 행복의 변증법적 조화

이 글을 관통하는 가장 핵심적인 주제는 바로 '고통과 행복의 변증법적 관계'이다. 태백산 천제단을 오르며 "고통이 없는 행복을 말할 수 있을까? 분명한 대가를 지불해야 상응하는 즐거움도 소유할 수 있다"고 고백하는 작가의 통찰은 글 전체의 철학적 기반을 이룬다. 요양보호사로서 어르신들의 삶을 목격하며 '고통'을 마주하지만, 그 안에서 '최소한의 지혜'를 습득하며 '행복'을 느끼는 역설적인 경험은 작가가 추구하는 삶의 가치를 명확히 보여준다.

또한, "아무것도 하지 않으면 아무 일도 일어나지 않는다. 그래서 안 해도 좋았을 도전이란 없다"라는 말에 더욱 공감이 간다. "실패하든 성공하든 그 과정에서 배움이 있다"는 구절은 노년에도 끊임없이 도전하는 작가의 '성장 지향적 삶의 태도'를 대변한다. 이는 독자들에게 큰 울림을 선사한다. 단순한 긍정적 사고를 넘어, 삶의 본질과 과정을 중요시하는 깊은 철학이 담겨 있다.

V.
'백합꽃 향기'라는 상징적 매개체를 통해 서정적으로 그려낸 작품
"아버지의 백합꽃 향기"

'아버지의 백합꽃 향기'는 아버지에 대한 깊은 그리움과 사랑, 그리고 그분의 삶이 자식에게 미친 영향을 '백합꽃 향기'라는 상징적 매개체를 통해 서정적으로 그려낸 작품이다. 삶의 다양한 순간들을 회고하며 아버지의 존재와 가치를 재발견하는 과정이 독자에게 따뜻한 감동과 깊은 사색을 안겨준다.

1. 백합꽃 향기의 상징성 : 아버지의 유산

이 수필의 핵심은 단연 '백합꽃'과 그 '향기'의 상징성이다. 작가는 아버지가 "유난히 백합꽃 향기를 좋아하셨다"고 묘사하며, "온 집안을 진한 향기로 물들이고 집 앞 100m까지 퍼져 나갔다"는 표현을 통해 아버지의 긍정적인 영향력과 따뜻한 존재감을 백합꽃 향기로 치환한다. 나아가 아버지를 "함초롬히 피어있는 백합처럼 늘 온화한 미소를 잃지 않으시던 분"으로 기억하며, 백합꽃이 아버지의 인품과 품성을 대변하는 강력한 상징으로 자리 잡는다.

특히, 소 등에서 떨어지는 위기 상황에서도 "술 냄새 대신 아련한 백합꽃 냄새"가 났다는 고백은, 아버지의 내면에 존재하는 순수하고 변치 않는 사랑과 온유함을 강조하며 작가의 '가족 사랑'이라는 '정서적 가치'를 더욱 돋보이게 한다.

2. 고난과 사랑을 통한 성장 서사

작가의 어린 시절 행복한 추억("소 등에 태우고 모래사장을 걷던 밤"), 그리고 가난 속에서의 고투("장리쌀 한 가마니")와 '형님의 순직'이라는 비극적인 상실까지, 아버지와의 관계 속에서 겪었던 다양한 삶의 장면들을 펼쳐 놓는다. "아버지의 눈물을 보지 못하고 자란 나에게는 충격이었다"고 회고하는 부분은 아버지가 보여주지 않았던 인간적인 고통을 비로소 마주한다. 아버지를 더 깊이 이해하게 되는 작가의 '내면 탐구'와 '성찰적 태도'를 보여준다.

특히, "난생처음 듣는 아버지의 처절한 울음소리"와 "백합꽃 한 송이로 마지막 배웅을 하셨다"는 묘사는 깊은 슬픔과 함께 아버지의 강인하면서도 처절했던 부모의 사랑을 생생하게 전달한다. 이는 작가의 '어머니에 대한 깊은 그리움과 사랑을 느끼고 있으며, 이를 표현한 시를 쓰고 있다'는 'poeticExpression'처럼, 가족을 향한 깊은 애정과 고통을 문학적으로 승화하는 작가의 능력을 잘 보여준다.

3. 세대 간의 연결과 '삶의 선물'

수필의 절정은 작가가 이제 아버지의 나이가 되어 "아버지의 옛 모습이 되어 형님 앞에 백합꽃 한 다발을 바쳤"을 때 찾아온다. "청초한 백합꽃은 아버지의 냄새다. 이제 아버지의 나이를 살아가는 나에게도 아버지의 냄새가 배어 있나 보다"라는 깨달음은 단순한 나이 듦이 아닌, 아버지의 정신과 가치, 사랑이 자신에게 고스란히 계승되었음을 확인하는 감동적인 순간이다. '삶은 선물이다'라는 작가의 'life philosophy'와도 연결되어, 아버지가 남긴 향기가 곧 인생에서 받은 가장 값진 선물임을 깨닫는 깊은 '삶의 의미'를 보여준다.

4. 서정적 문체와 섬세한 묘사

작가는 어린 시절의 '해당화 십 리 길', '달빛 고운 바닷가', '모깃불로 쑥을 태우던 아버지의 모습', '성근 별을 헤아리며 은하수 바다를 건너는 그 시절' 등 시각, 후각, 청각적인 감각을 풍부하게 활용하여 독자의 감성을 자극한다. 이러한 '섬세한 관찰과 새로운 시선'으로 일상을 재해석하는 작가의 'writingStyle'은 '서정 수필'의 진수를 보여준다. 특히, 시간의 흐름에 따라 변하는 아버지의 모습과 자신의 깨달음을 담담하지만 진정성 있게 풀어내는 문체는 독자의 마음을 울리기에 충분하다.

'아버지의 백합꽃 향기'는 한 개인의 아버지에 대한 그리움을 넘어, 부모-자식 관계의 본질적인 사랑과 희생, 그리고 그것이 대를 이어 전해지는 '인생의 본질과 아름다움'을 깊이 있게 탐구한 작품이다. 작가의 '깊은 감성'과 '성찰적'인 태도가 오롯이 담겨, 읽는 내내 마음 한구석이 따뜻해지고 뭉클해지는 경험을 선사했다.

VI.
시간의 흐름 속에서 피어나는 이상과 현실과 인간적인 따스함
"회상回想"

김종억 작가의 수필 「회상回想」은 40여 년의 시간을 넘나들며 펼쳐지는 한 편의 드라마와 같다. 우연한 만남에서 시작된 과거로의 시간 여행은 단순한 기억의 나열을 넘어, 젊은 시절의 이상과 현실의 부조화 속에서 싹튼 원칙을 제시한다. 그 원칙이 맺어준 인연의 소중함을 깊이 있게 성찰하게 한다. 이 작품은 노년의 작가가 바라본 청춘의 단면을 통해, 삶의 본질적인 가치와 시간의 의미를 되묻는 묵직한 메시지를 전달한다.

1. 원형적 구조와 서사의 힘

수필은 '낯익은 노신사'와의 우연한 만남에서 출발하여, '가물가물한 기억'을 더듬어 1975년 중부 전선의 최전방으로 독자를 이끌어간다. 그리고 다시 현재로 돌아와 그 만남의 의미를 되새기는, 수미상관의 원형적 구조를 취하고 있다. 이러한 구조는 작가가 과거의 경험을 현재의 시선으로 재해석하며 더욱 풍부한 의미를 부여할 수 있게 한다. 특히 과거 회상이 시작되는 부분에서 "시간은 흘러가 버리고 업무가 한가한 한참 뒤에서야 한 번 더 기억을 되살려보다가 소스라치게 놀라고 말았다. '그래 맞아, 그분이야…….'"와 같은 내적 독백은 독자들로 하여금 작가의 감정선에 몰입하게 하며, 회상의 서사를 더욱 강렬하게 이끌어간다.

2. 이상과 현실의 충돌 속에서 빛나는 청춘의 원칙

1975년 최전방 부대의 묘사는 매우 생생하다. "벽에는 하얀 성에가 껴 반짝반짝 빛나고 방바닥은 죽은 놈 콧김처럼 미지근"하며, "방안에서도 숨 쉴 때마다 입김이 허옇게 뿜어져 나왔다"는 구절은 당시의 열악하고 혹독했던 환경을 시각적, 촉각적으로 실감 나게 전달한다. 이러한 환경 속에서 많은 선배 장교들이 규정을 벗어나 사방거리로 외출하는 현실과 달리, 갓 임관한 두 햇병아리 소위 김 소위와 유 소위는 '원리원칙과 충성심에 불타'는 젊음으로 BOQ에서 부대의 일과 학업에 매진한다. 이들의 순수한 열정과 우직함은 현실의 불편함을 넘어서는 강력한 이상주의를 대변한다. 그 시절 청춘이 지녔던 강인한 정신력을 상징적으로 보여준다.

3. 예상치 못한 순간의 인연, 그리고 성장

이야기의 극적인 전환은 포병 사령관의 불시 방문에서 이루어진다. 벼락같은 경례와 "노여움으로 가득 찼던 그분의 얼굴이 어느새 인자한 모습으로 돌아왔음을 직감으로 느꼈다"는 묘사는 긴박감과 함께 감동을 선사한다. 열악한 상황에서도 굴하지 않고 묵묵히 본분에 충실했던 두 소위의 모습은 권위의 상징인 사령관에게 깊은 인상을 남겼다. 이는 "싹수가 있는 장교"라는 평가와 함께 표창과 휴가로 이어지는 긍정적인 결과를 낳는다. 이 사건은 단순히 표창을 넘어, 젊은 날의 원칙적인 행동이 예상치 못한 인연과 인정으로 돌아오는 인생의 교훈을 제시한다. 또한, 이들의 행동이 부대 전체의 환경 개선(BOQ에 독신 장교들이 돌아오는)으로 이어진다는 점이다. 작은 개인의 노력이 공동체에 미치는 긍정적인 파급효과를 보여주며 작품에 더욱 큰 울림을 더한다.

4. 노년의 시선으로 바라본 시간과 그리움

수필의 마지막 부분에서 작가는 40여 년 전의 사건을 다시 현재의 시점에서 돌아본다. 이제는 머리가 하얗게 센 노신사가 된 사령관님과의 재회, 그리고 "열악한 환경 속에서 전투력의 극대화가 이루어졌을까? 하는 생각"이다. "지금은 최신식 건축물에 난방 걱정 없는 그런 생활을 하지 않을까"하는 추측은 과거의 경험을 객관화하고 비교하며 삶의 변화를 깊이 있게 성찰하는 노년의 지혜를 담고 있다.

특히 "그 시절이 갑자기 그리워지는 이유는 세월이 많이 흘렀다는 것이겠지"라는 마지막 문장은 작품 전체를 관통하는 노스탤지어의 정수를 보여준다. 과거의 고난과 젊은 날의 혈기왕성했던 정신력이 지금은 그리움의 대상으로 자리매김한 것이다. 이는 독자들로 하여금 자신의 젊은 시절, 혹은 지나온 시간들을 돌아보게 하며 보편적인 공감을 불러일으킨다.

결론적으로 「회상回想」은 김종억 작가가 지닌 문학적 깊이와 삶에 대한 진솔한 통찰이 응축된 수작이다. 시간의 흐름 속에서 변화하는 환경과 변치 않는 인간적인 가치를 대비시키며, 독자들에게 삶의 의미와 인연의 소중함, 그리고 세월이 주는 그리움에 대해 깊이 사색할 기회를 제공하는 감동적인 작품이라고 평할 수 있다.

에필로그

김종억 작가의 글은 삶의 깊이를 탐구하고, 일상 속 작은 순간에서도 아름다움과 의미를 찾아내는 서정적인 시선이 돋보인다. 자전거 라이딩이라는 구체적인 경험을 통해 '인생의 오르막과 내리막', '고통과 쾌락', '자연과의 교감', 그리고 '인간적 유대'라는 보편적인 주제들을 섬세하게 엮어냈다. 특히 솔직하고 담백한 문체 속에 배어나는 노년의 지혜와 긍정적인 태도는 독자로 하여금 깊은 성찰과 함께 잔잔한 감동을 느끼게 한다.

특히 작가의 오랜 염원과 인내가 응축된 감동적인 부분이 글 내내 함축되어있다. 어린 시절의 꿈부터 시작하여 오십 대의 재도전, 그리고 마침내 문학평론가로 등단하기까지의 과정을 담담하게 그려낸다. 문학평론에 대한 깊은 관심을 가진 작가가 직접 써 내려간 이 글은, 삶 그 자체가 얼마나 풍부한 문학적 영감을 주는지를 보여주는 훌륭한 예시이다.

작가의 모든 작품은 구구절절 독자들에게 잔잔한 위로와 깊은 성찰과 공감을 선사한다. 작품마다 문학적 깊이와 삶에 대한 진솔한 통찰이 응축된 수작으로 평가한다. 시간의 흐름 속에서 변화하는 환경과 변치 않는 인간적인 가치를 대비시키며, 독자들에게 삶의 의미와 인연의 소중함을 전달해준다. 또한, 세월이 주는 그리움에 대해 깊이 사색할 기회를 제공하는 감동적인 작품이라고 확신하며 서평을 접는다.